KB069180

프로게이머

프로게이머 3

초판 1쇄 인쇄일 2017년 4월 21일 | **초판 1쇄 발행일** 2017년 4월 25일

지은이 랑느 | **펴낸이** 곽동현 | **담당편집 팀장** 이범수
편집부 신연제 이윤아 홍현주 김유진 조서영 임소담 정요한

펴낸곳 (주)조은세상 | 출판등록 제 2002-23호
주소 경기도 연천군 미산면 청정로 1355
TEL 편집부 02)587-2966 | FAX 02)587-2922
e-mail bukdu@comics21c.co.kr

랑느 ⓒ 2017
ISBN 979-11-5832-828-3 | ISBN 979-11-5832-825-2(set) | 값 8,000원

※잘못 만들어진 책은 바꿔 드립니다.
※저자와의 협의에 의해 인지는 생략합니다.

랑느 현대판타지 장편소설
NEO MODERN FANTASY STORY

프로게이머

PROGAMER

3

북두
(주)조은세상

랑느 현대판타지 장편소설

NEO MODERN FANTASY STORY

CONTENTS

11장. 난형난제

프로게이머
PROGAMER

프로게이머
PROGAMER

11장. 난형난제

    팀원들과 함께 웃으며 부스에 들어서는데 정말 다행스럽게 느껴졌다.

    처음으로 1세트를 패배했는데 분위기는 전혀 침울하지 않았다.

    대기실에서 함께 회의하며 전략을 구성한 것이 좋은 한 수가 되었다.

    다른 팀에게 패배했다면 어떨지 몰라도 형제 팀에게, 그것도 공식전에서 졌다는 게 어떤 투지를 끌어올린 것 같았다.

    평소 연습경기를 치루며 스크림을 수백 판도 넘게 했던 상대인데 져 본 경험이 많았어도 이토록 노림수가 족족 무위로 돌아갔던 적은 없는 지라 더 끓어올랐다.

공교롭게도 이런 감정들이 오롯하게 쳐부수겠다는 투지로 표출되었다.

팀 엔젤에게는 미안하지만 오늘 하루만큼은 적이다.

나는 이런 반응도 아주 당연하게 받아들였다.

곧 시작되는 2세트.

이제는 우리가 되돌려줘야 할 시간이었다.

바깥에서 해설진의 1경기 정리 멘트 이후 MVP로 선정된 선수가 대형 스크린에 잡혔다.

역시나 노라카를 플레이한 남진호가 MVP가 되었다.

"크…. 진욱아 미안하다. 노라카 좀 더 중점적으로 연습해볼 걸 직접 당해보니까 생각보다 더 개 같더라."

"큭큭, 경민이 형. 진욱이가 라인별로 추천해주는 챔피언은 그냥 하는 게 정답이에요. 이만큼 겪어봤으면 알 때도 됐는데."

"그러니까 말이다."

남진호의 MVP 선정이 배 아팠는지 도경민이 삐쭉거렸고 상규가 바로 옆자리에서 맞장구 쳐주었다.

나는 그 소리를 들으며 대형 화면을 바라보다가 시선을 살짝 내렸다.

대형 스크린 바로 아래 해설진의 중계석이 있는데 묘한 시선으로 이형우 해설과 눈이 마주쳤다.

아주 찰나의 순간이었다.

바깥의 소리도 들리지 않는다.

의미를 알 수 없는 시선교환이었다.

그런데 뭔가 모를 찝찝한 기분이 등골을 타고 올라왔다.

MVP 발표로 한창 정신없이 떠들어야 할 타이밍에 왜 나를 바라보고 있었을까?

때마침 맞은편 부스의 장민석 임시코치가 보였다.

그제야 떠올랐다.

선수 시절 영혼의 파트너로 가장 먼저 세계 대회에서 대한민국 로크의 실력을 보여준 두 사람.

어쩐지….

뭔가 모르게 정교하다 싶었다.

경험과 연륜만으로 모든 걸 설명할 수 있는 건가 긴가민가했지만 우리 연습이 바빠 심오하게 짚어보지 않았다.

장민석은 주로 숨은 고성능 챔피언을 발굴하는 쪽이었고 이형우는 그 챔피언을 사용할 수 있는 판을 만들기 위한 전략 구성을 하는 쪽이었다.

이번 1경기 역시 저 두 사람의 합작품이었군.

별로 탓하거나 문제 삼을 생각은 없었다.

어차피 내전에 대한 대비를 완벽하게 하지 못한 구단의 사정 때문이라 내 맡은 바 일에만 최선을 다 할 생각이었다.

그러려면 우선 2경기를 잡아야겠지.

시간이 흐르고 밴픽 화면으로 전환되는 순간 나의 승부욕이 더 걷잡을 수 없이 타올랐다.

둘이건 셋이건 가져다 쓸 수 있는 머리는 전부 동원해서 덤벼라.

나는 경기마다 성장해서 넘을 수 없는 벽이라는 걸 느끼게 해주마.

그게 나의 목표였다.

◆

평범함을 거부하는 두 팀이었다.

팀 엔젤은 평범한 픽 안에서도 유동적인 조커 카드와 전략을 사용하면서 리그 친화형 팀 데몬이라는 별명을 얻기도 했다.

극단적인 전략형 플레이를 펼치는 팀 데몬까지 포함해 피닉스 스톰은 이색경기의 대명사가 되어가고 있었다.

그런 두 팀이 맞붙으니 팀 엔젤마저 데몬화가 되었고 거기에 기름을 부은 게 장민석 코치라는 반응이 계속 터져 나왔다.

덕분일까?

2경기 밴픽 구도에 대한 예상과 바람들이 게시물로 폭주하며 관심도는 1경기보다 더욱 커졌다.

노라카 탑 라인이 공식전에 등장했다는 소문에 외국인 시청자들도 온라인중계로 모여들었다.

밴픽 페이즈 시청률이 1경기보다도 더 올라갔다.

실시간으로 관계자들의 피드백을 받는 해설진은 거듭 강조되는 밴픽 페이즈의 중요성을 마이크로 역설했다.

그렇게 팀 데몬의 첫 번째 밴, 다시 팀 엔젤의 밴.

턴을 주고받으며 챔피언 하나, 하나를 자를 때마다 해설진은 쉬지도 않고 숨겨진 의미를 찾아내 팬들에게 해설했다.

팀 데몬은 선픽 차례에 노라카를 칼픽했다.

"노라카는 우리도 다룰 수 있다! 너희만 할 줄 아냐! 물어보는 거죠? 탑 라인으로 갈지 서포터로 갈지 아직 아무도 알 수 없습니다."

"이런 카드가 계속해서 나오니까 밴픽 페이즈 해설이 이렇게 재미있네요. 밴 카드와 픽 카드 예상의 귀재 김동진 해설도 두 팀 밴픽은 예상 못하시겠죠?"

"네, 솔직히 모르겠습니다. 아예 다른 리그 게임을 보는 것 같아요. 두 팀은 말이죠."

해외 리그에 대한 이야기가 나오자 잠깐 오디오가 비어가는 시간마다 이형우 해설이 해외리그의 특징을 설명했다.

"중국은 일단 만나면 싸웁니다. 경기 시작부터 소규모 교전이 끝까지 계속 벌어져요. 그래서 싸움에 강한 챔피언이 주로 픽 됩니다."

"그렇습니다. 북미는 조금 분위기가 다른데 팬들이 크래셔 사냥에 열광합니다. 크래셔 둥지를 사이에 둔 대치전에 모든 초점이 맞춰져 있습니다. 유틸성, 포킹 위주 챔피언이 득세하는 경향이 있어요."

"유럽은 또 완전히 분위기가 다르죠? 라인전으로 시작해서 라인전으로 끝나요. 스노우 볼에 대한 개념보다 서로 맞라인 싸움에서 누가 더 잘하느냐로 승패를 가르게 됩니다."

"한국에서 안 나오는 뚜벅이 챔피언들이 많이 나오는 이유죠."

이런 특징들 때문에 각 대륙의 리그마다 메타가 다르고 주력 챔피언이 다르다.

그래서 해외에서는 1티어로 사용되는 챔피언이 한국에서 안 쓰이고 반대의 경우도 있는 것이다.

"그런데 팀 데몬, 팀 엔젤은 국적불명의 메타를 지닌 고유의 팀이 되어가고 있어요. 예상을 못하겠습니다. 정말요."

이런저런 이야기가 오가는 중 드디어 팀 엔젤에서 두 챔피언을 선택했다.

다시 한 번 찰스와 게일.

이후 픽밴은 노라카가 팀 데몬에게 넘어간 것을 제외하면 비슷한 양상으로 흘렀다.

해설진도 아마 비슷한 분위기가 되지 않을까 예상했다.

양 팀의 모든 픽이 완성되고 스왑 단계에 다시 한 번 환호성이 터져 나왔다.

팀 데몬의 노라카가 이번에는 미드라인으로 옮겨진 것이다.

"아아…! 이 선수들 정말 왜 이러나요? 오늘 아주 작정을 하고 형제간 경기에서 모든 카드를 꺼내 쓰는 느낌이에요!"

"미드 노라카! 매커니즘은 탑 노라카와 비슷합니다. 라인을 푸쉬하고 주도권을 쥐겠다는 거죠."

"그러나 상대가 빅토리안이에요. 마치 예상이라도 했다는 듯 라인 클리어가 좋은…. 어? 잠깐만요!"

팀 엔젤
탑 – 트이치
정글 – 찰스
미드 – 빅토리안
원딜 – 수도승
서포터 – 게일

팀 데몬

탑 – 르넥톤

정글 – 마스터 킴

미드 – 노라카

원딜 – 샤비르

서포터 – 트레쉬

팀 데몬이 노골적으로 마스터 킴을 선택했을 때부터 랜턴 정글의 등장은 확정적이었다.

노라카를 선택했으니 분명 랜턴 정글이 나올 거란 예상이었다. 그런데 팀 엔젤의 조합에서 마지막 스왑은 충격 그 자체였다.

"바텀 파괴조합인가요? 오늘 남진호 선수 MVP 사냥하러 나온 겁니까? 탑 트이치입니다?"

"누가 봐도 수도승 정글 트이치 원딜이 상식이거든요?"

"승부수를 던진 거죠. 2세트 잡고 무조건 경기 끝내겠다는 말이에요. 과연 얼마나 보여줄 수 있을까요?"

"기본적으로 르넥톤이 강캐는 맞지만 상대가 원딜이면 곤란하죠. 멀리서 두들겨 맞다가 들어가면 빠져나올 수단이 없어요. 거리 조절이 생명입니다."

이번 경기도 포인트를 어디다 둬야 할지 알 수가 없었다.

탑으로 올라간 원딜 챔피언 트이치.

미드라인에 선 노라카.

팀 엔젤의 수도승을 활용한 바텀 파괴조합.

경기가 시작됨과 동시에 흩어지는 챔피언들을 따라 화면이 이리저리 움직였다.

◆

이형우가 메인이건 장민석이 메인이건 확실한 건 괴물 같은 놈들이라는 사실이다.

도대체 저런 조합을 뽑아두고 굳이 트이치를 탑으로 올려 바텀 파괴 조합을 만든 이유가 뭔가?

나는 곧바로 그 이유를 알 수 있었다.

"바텀 너무 힘들어! 시우 형 수도승을 저렇게 잘했어?"

남규의 목소리에 바텀 상황을 보니 절반까지 떨어진 체력으로 힘겹게 경험치만 얻는 중이었다.

수도승을 이용한 파괴조합은 의외로 강력했다.

샤비르가 원거리 딜러기에 유리할 것 같지만 수도승은 이동기가 두 개나 있으며 게일 서포터의 지원 아래 이동속도 버프도 받을 수 있다.

원거리 챔피언은 원거리에서 때리는 이점이 있는 대신

약한 반면 근접 챔피언은 달라붙었을 때 누구보다 무서운 성능을 보여준다.

게다가 선수들은 솔로 랭크 게임도 플레이를 한다.

보통 자기 주력 라인에 가지만 팀원 중 포지션이 겹치는 상대가 있다면 언제든 다른 라인을 플레이 한다.

챌린저 티어까지 올라오며 정글도 많이 플레이 해봤음은 당연하고 정글 대장 목록에 오른 수도승을 주로 사용하는 것도 당연하다.

숙련도에 문제가 없다는 말이다.

남진호의 트이치 플레이 역시 마찬가지다. 오히려 원거리 챔피언이기에 다루는 난이도는 훨씬 쉽다.

한타 페이즈의 포지셔닝이 문제지만 그건 게일의 스킬로 커버 가능하다는 노림수가 숨어 있었다.

그때 남진호도 참다 못한 분노를 터뜨렸다.

"아! 트이치 저 쥐새끼 진짜!"

르넥톤은 역시나 고통을 받고 있었다.

문제는 정글러가 마스터 킴이라는 것.

성장하기 전까지 갱킹에 매우 취약하다.

내가 라인을 잔뜩 밀고 움직이면 좋겠지만 일단 빅토리안의 클리어도 만만치 않고 초반 정글 영향력은 찰스가 탑이다.

나는 냉정하게 상황을 판단해서 팀원들에게 말했다.

"탑은 힘들어도 조금만 참아요. 받아먹으면서 버틸 수 있잖아요. 최우선 목표는 바텀입니다. 파괴조합이 강력한 건 사실이지만 못 크면 답 없어요."

라인전을 오래 끌면 좋지 않다.

어떻게든 속도전으로 몰고 가서 노라카의 유지력이라는 장점을 살려야한다.

"6레벨 이전에 바텀 한 번 잡아야 된다! 수도승, 게일 궁극기 생기면 그냥 포탑 안으로 들어와서 꺼내 먹을 수도 있어."

게일의 지원으로 무적 상태가 된 수도승이 포탑으로 파고들어 원딜을 발로 차서 꺼내온다.

부쉬에 숨어있던 찰스가 덮쳐 일점사해서 잡아낸다.

지금 그릴 수 있는 최악의 그림이었다.

내 궁극기로 한 타이밍 세이브 한다고 쳐도 이동기 조차 없는 샤비르가 오래 버틸 수 있을지 의문이었다.

바텀 라인보다 조금 성장이 빠른 마스터 킴이 먼저 6레벨을 찍고 궁극기를 배웠다.

나는 그 순간에 맞춰 미련 없이 라인을 밀고 바텀 라인으로 향했다.

"르넥톤 어차피 탑에 있어봐야 맞기만 할 겁니다. 신호하면 텔레포트 준비하세요."

회심의 5인 다이브.

바텀 파괴 듀오를 잡아낸 다음 포탑을 순식간에 철거하고 반대편에서 이득 보려는 적의 움직임을 이용해 용까지 챙길 생각이었다.

지저분한 수로 밴픽을 아무리 꼬아도 돌파구는 있는 법이다.

마스터 킴과 합류한 나는 바텀 삼거리를 돌아 바텀 듀오의 뒤를 덮쳤다.

"텔!"

나의 신호에 맞춰 르넥톤도 바텀으로 내려왔다.

수도승과 게일의 도망치는 루트를 보며 라인을 쭉쭉 밀어 다이브를 설계했다.

다 잡아내면 스노우 볼을 쥐고 굴릴 수 있다.

막히면 진다.

게임의 성패가 갈릴 다이브 플레이였다.

◆

현장에 긴장감이 감돌았다.

이윽고 팀 데몬이 바텀으로 5인 다이브 플레이를 실행했을 때 극도의 긴장감이 폭발했다.

"들어갑니다! 5인 다이브!"

"팀 엔젤의 미드, 정글이 내려오고 있지만 느려요."

"포탑 어그로는 르넥톤에게!"

수도승과 게일 조합인 데다가 딱 6레벨 직전 타이밍을 칼 같이 재고 노린 거라 르넥톤이 포탑 어그로만 막아주면 아주 손쉽게 다이브 플레이가 성공할 것 같았다.

다섯 명의 팀 데몬 선수들은 마치 한 몸처럼 움직여 정해놓은 것처럼 깔끔한 플레이를 선보였다.

"르넥톤 CC기와 맷집 대박! 노라카가 구멍 난 항아리에 술을 가득 채워주듯 체력을 채워줍니다!"

"깔끔하게 잡고 빠지네요."

"바텀 포탑을 먼저 부수는 팀 데몬! 곧바로 용 서식지로 향하죠?"

"양 팀의 무서운 부분은 바로 스노우 볼 굴리는 방법을 제대로 안다는 데에 있습니다. 1경기도 결국에는 선취점을 팀 엔젤이 가져가고 그 이득을 끝내 놓치지 않은 덕분에 승리한 거였거든요?"

"그렇죠. 애석하게도 이번 경기의 이득은 팀 데몬이 먼저 챙겨갑니다! 압도적인 초반 차이가 벌어졌어요!"

커버를 위해 바텀으로 향하던 팀 엔젤의 미드, 정글은 이미 종결되어버린 상황에 그나마 남은 이득이라도 조금 취하려 미드로 돌아가 푸쉬했지만 포탑을 부수지는 못했다.

그나마 탑에서 계속 버티고 있던 트이치가 CS를 잔뜩

챙겨 먹고 포탑까지 밀어버리는 데 성공했다.

손해를 아주 조금 만회한 팀 엔젤은 다시 정비하여 후반전을 준비했다.

바텀 파괴조합으로 이른 시간에 이득을 취해 굴리려고 했던 조합의 의미가 사라져버렸다.

대신 트이치를 다시 바텀으로 내리고 2차 포탑 앞에서 꾸역꾸역 성장시키는 방법을 선택했다.

팀 데몬은 정글과 오브젝트를 장악했지만 의외로 2차 포탑 공략에 어려움을 겪었다.

작정하고 수비하는 팀 엔젤의 저항이 거셌다.

그도 그럴 것이 서포터라지만 전투병에게는 위력적일 수 있는 게일과 레이저 한 방에 웨이브 하나를 지워버릴 수 있는 빅토리안의 수성능력은 굉장했다.

거기에 호시탐탐 후방과 옆구리를 노리는 수도승과 잭스의 수비적인 아이템 선택과 스킬 구성이 성가셨다.

노라카를 중심으로 유지력 특화 공성전에 맞춰진 팀 데몬의 조합에는 공성전의 대가가 포함되어 있지 않았다.

샤비르, 노라카의 라인 클리어.

빅토리안, 게일의 라인 클리어.

포탑을 사이에 두고 전투병만 죽어나갔다.

그런 지루한 대치전은 끝날 기미가 보이지 않았다.

"마스터 리그에서 T1과 붙었을 때 최강진 선수의 실수를 기다렸던 경기들 다 기억하시죠? 아마 그 경기 이후 또 한 번 장시간 혈전이 예상됩니다."

"보는 분들은 반복되는 라인 클리어 싸움에 지루하실 수도 있는데 직접 플레이하는 선수들은 지금 피 말리거든요."

"그런데…."

갑자기 이형우 해설이 진지한 투로 두서를 달았다.

모든 관객이 그 목소리에 집중했다.

"트이치가 압도적인 성장을 보여주고 있어요. 계속해서 비어 있는 라인으로 돌려 트이치에게 골드를 몰아주고 있었거든요? 곧 3코어가 완성될 텐데 르넥톤이라고 할지라도 라인 관리하러 떨어지면 암살당할 수 있어요."

그 말에 화면이 재빠르게 트이치로 전환되었다.

트이치는 이형우의 말처럼 다른 라이너들에 비해 1.5배 가까운 CS 숫자를 기록하고 있었다.

0킬 0데스 0어시스트.

성적은 보잘 것 없지만 지금까지 꾹 눌러 놓았던 폭발력이 일시에 터져 나오는 순간 어마어마한 데미지가 뿜어져 나올 것이 기대되었다.

대치전 구도에서 시간이 조금 흐르자 이형우의 말처럼 트이치는 코어 아이템 3개를 가장 먼저 갖출 수 있었다.

공격 속도 신발은 기본이었으며 흡혈, 공격력, 치명타,

방어구 관통 옵션까지 고루 챙긴 모습이었다.

이 다음 아이템으로 기본 공격을 광역으로 쏠 수 있게 만들어주는 라나의 활까지 나오면 한타 페이즈에서 절대자가 될 수 있는 완성 직전 단계였다.

그러나 지금 상태로도 은신하고 포지션을 잡은 다음 최대 공격 거리에서 궁극기 활성화 상태로 독침을 쏟아내면 버텨낼 챔피언이 몇 보이지 않았다.

"갑니다!"

이형우 해설의 예언처럼 3코어 아이템을 갖춘 트이치가 따로 떨어져 텔레포트를 믿고 라인을 미는 르넥톤에게 다가갔다.

그 과정에서 라인 클리어 전쟁에는 별 도움 안 되는 찰스가 슬그머니 트이치의 뒤로 붙었다.

드디어 반전의 노림수가 나온다는 생각에 모든 이가 집중했다.

김동진 해설이 재빨리 상황을 프리뷰했다.

"지금 르넥톤의 아이템으로 방관 옵션까지 갖춘 트이치 데미지를 감당할 수가 없거든요? 일단 마주치면 도망쳐야 합니다. 강신으로 한 번, 노라카의 궁극기로 두 번 정도 버틸 수 있어요. 포탑에서 너무 떨어지면 안 돼요!"

르넥톤이 사정권에 들어오자 트이치가 은신 상태로 접근했다.

찰스는 바로 그 뒤를 따르며 르넥톤을 향해 연기를 펼쳤다.

전투병 앞에서 깔짝거리며 움직이는데 묘하게 신경을 자극했다.

"아아! 속으면 안 됩니다! 찰스 뒤에 트이치가 숨어있다는 걸 알아야 합니다! 이동기 빠지는 순간 도망도 못 가고 죽어요!"

우리집에 왜 왔니 놀이라도 하듯 찰스와 르넥톤이 왔다 갔다 거리 조절을 하고 있는데 갑자기 찰스가 르넥톤에게 달려들었다.

실수처럼 보이기 위해 스턴도 실패한 채 궁극기를 쓰고 냅다 꽁무니를 뺐다.

이 때다 싶었는지 르넥톤이 추격을 위해 전투병을 타고 2단 대쉬로 찰스를 덮쳤다.

"아아아아아!"

완벽한 연기를 펼친 찰스는 빠져나가고 별안간 르넥톤 후방에서 역병에 걸린 하수구 쥐가 독침을 난사했다.

카하하하! 캬하하하하하! 크하하하하하!

트이치 궁극기 활성 시 터져 나오는 광소와 함께 데미지도 폭발적으로 터져 나왔다.

"르넥톤 광신! 이미 뒤를 잡혀서 도망도 못 가죠!"

"텔레포트도 못 탑니다. 넘어가기 전에 녹아요!"

"미드라인에서 대치 중이던 팀원들이 지원을 갑니다!"

"노라카 궁극기! 데미지가 살벌해서 벌써 궁극기가 빠졌어요! 아아! 크리티컬! 치명타가 마구잡이로 터지죠!"

"찰스가 다시 뒤로 돌았습니다! 적군이 도달하기 전에 르넥톤을 잡고 빠지겠다는 계산이죠!"

엄청난 데미지에 일방적인 구타를 당하던 르넥톤은 결국 정글로 도망치려고 움직이다 초입에서 죽고 말았다.

와아아아아아!

초반 5인 다이브 플레이 이후 처음 나오는 킬이었다.

팀 데몬은 집요하게 몰려갔다.

일단 궁극기가 빠진 트이치는 데미지가 살벌할지라도 손쉽게 녹일 수 있으니 죽이고 빠질 생각.

그러나 아슬아슬한 타이밍에 트이치의 스킬 재사용 대기시간이 지나 은신 상태로 유유히 적진의 한 가운데를 뚫고 빠져나왔다.

"르넥톤을 잘라내고 노라카는 궁극기가 없는 상태입니다! 곧 용이 재생성 되는데요?"

"그렇죠. 밀고 나가야죠. 팀 엔젤 20여분 만에 드디어 진격합니다!"

"트이치도 궁극기 없는 것은 마찬가지인데 일단 기본공격도 너무 아파요. 포지션만 잘 잡으면 됩니다."

"여차하면 게일 궁극기도 있고요."

"그런데 지금 절대 무시하면 안 되는 게 빅토리안도 순간 폭딜 하면 어깨에 힘 빡 주고 나오는 챔피언이거든요? 라인 클리어도 좋아서 지금까지 라인 거의 다 받아먹었어요. 팀 데몬 이번 용은 그냥 쥐야겠는데요."

해설진의 우려 깊은 목소리가 이번에는 팀 데몬에게 향했다.

팀 데몬은 절대 물러설 수 없다는 생각인 듯 용 서식지를 두고 다시 한 번 대치전을 벌였다.

곧 부활하는 르넥톤의 텔레포트를 믿는 것 같았다.

◆

날카로운 게임 핑 소리에 신경이 잔뜩 곤두섰다.

"과하지 않은 선에서 스킬샷만 던져요."

"조금 있으면 트이치 다시 궁극기 돌아. 그 전에 싸우던지 그냥 주던지 해야 해."

대치 구도에서 성패는 정보에 달려있다.

양 팀의 정보전이라고 봐도 무방했다.

탑, 바텀 라인은 밀고 있는지 밀리고 있는지.

적의 주요 챔피언 궁극기와 스펠 상태는 어떤지.

아이템 구성은 어떻고 우리의 아이템이 밀리지 않는지.

복잡한 정보들을 교환하며 견적을 낸다.

이번 경우에는 호각이었다.

주요 챔피언이 물리는 쪽이 진다.

우리의 최우선 목표는 당연히 트이치와 빅토리안.

우리 팀에서 가장 큰 활약을 펼칠 수 있는 건 바로 상규의 마스터 킴이었다.

아군, 적 구분 없이 연신 주도권을 쥔 상황에서 거의 모든 정글 몬스터를 독차지한 마스터 킴의 지금 위력도 어마어마했다.

상대방의 챔피언 구성도 마스터 킴을 막아낼 만한 하드 CC가 부족했다.

찰스의 프로펠러만 조심하면 무쌍난무가 가능한 상황.

나는 그것에 걸었다.

팀 엔젤은 주도권이 본인들에게 넘어왔다는 생각에 계속해서 밀고 들어오려는 시도를 멈추지 않았다.

찰스와 수도승은 양옆으로 찢어져 계속 틈을 노렸다.

"지키는 게 좋을 텐데?"

맵을 주시하며 르넥톤의 부활을 기다리던 남규가 한 마디를 툭 던졌다.

저렇게 탱킹 라인을 담당하는 챔피언 둘이 빠지면 우리가 한점 돌파를 선택할 수도 있는 노릇이었다.

어쨌거나 샤비르의 궁극기라면 가능한 일이니까.

그러나 게일의 존재가 여간 성가신 게 아니었다.

"게일 궁 짧아. 일단 덮쳐! 간다!"

도경민의 목소리였다.

그때, 부활한 르넥톤이 미드라인 방향으로 텔레포트를 탔다.

"궁 켜요!"

나의 외침에 샤비르가 궁극기를 활성화했다.

동시에 아군이 모두 어마어마한 이동속도 버프를 받은 채로 트이치, 빅토리안, 게일에게 돌진했다.

그들의 후방으로 덮쳐 들어오는 르넥톤!

선빵필승이라!

구도가 좋았다.

성공적으로 쌈 싸먹기 형태의 전술을 펼쳐 르넥톤이 빅토리안에게 달라붙는 데 성공했다.

그때, 게일의 궁극기가 빅토리안에게 덮씌워졌다.

이어지는 점멸!

한데 뭉친 우리 진형을 바라보다가 순간 등골을 따라 오싹하게 올라오는 섬뜩함을 느꼈다.

"어어!"

뭐라고 말을 채 내뱉기도 전에 완벽하게 진형이 우리가 포위당한 형태로 바뀌었다.

뒤를 노리던 수도승과 찰스가 붙은 것이다.

동시에 또 한 번 광소가 폭발했다.

카하하하! 캬하하하하하! 크하하하하하!

어느새 궁극기가 돌아온 트이치의 난사와 함께 그 위로 빅토리안의 중력장, 레이저, 궁극기가 덮어졌다.

서둘러 뒤로 도망쳐보지만 수도승이 삐져나온 샤비르를 걸어 차서 다시 전장 안으로 밀어 넣었고 점멸에 점프까지 사용해 2단 대쉬에 성공한 찰스가 프로펠러를 돌리다가 아군에게 스턴을 먹였다.

아슬아슬하게 들어오는 찰스를 타겟으로 알파를 사용한 상규의 마스터 킴이 스턴에서 벗어나 매서운 칼질을 시작했다.

트이치는 난사 마스터 킴은 난도질!

서로 모든 자원을 몰아 키워준 두 챔피언의 살상대결이었다.

[아군이 당했습니다!]

[적을 처치했습니다!]

[더블 킬!]

[적! 더블 킬!]

트이치의 독침 끝이 내게 닿았을 때 내가 할 수 있는 건 방금 돌아온 궁극기를 사용하는 것 뿐이었다.

마스터 킴의 절반에 가까운 체력을 다시 채워주는 것을 끝으로 나의 노라카도 다운!

[적! 트리플 킬!]
[적! 쿼드라 킬!]
미친 듯한 데미지로 난사하던 트이치가 마스터 킴을 제외한 우리 넷을 모두 잡아버렸다.
한 번에 4킬을 섭취한 트이치가 카이팅을 했다.
상규는 전에 없던 집중력으로 빅토리안, 게일, 트이치를 차례차례 썰어 나갔다.

[트리플 킬!]
[쿼드라 킬!]

"나이스!"
"상규야 썰어버려!"
"찢어! 찢어버리라고!"
순식간에 몸이 종잇장마냥 약한 빅토리안과 게일을 잡아낸 마스터 킴은 명상에 들어가 받는 데미지를 줄이며 스킬 쿨 타임을 기다렸다.
명상 상태의 방어력 덕분에 잘 버텨내자 궁극기 지속 시간이 끝난 트이치는 공격을 포기하고 뒤로 돌아 다시 은신에 들어가려했다.

서로 적을 4명씩 잡아먹은 괴물들의 일기토.

서로 체력은 볼품없는 선빵필승의 상황.

치명타 변수에 모든 게 갈릴 하늘이 정해줄 결과였다.

은신 상태 직전에 따라붙은 마스터 킴이 트이치에게 달라붙었다.

좌로 베고, 우로 베고!

두 대의 기본 공격에 빈사상태가 된 트이치가 결국 은신에 성공하고 시야에서 사라졌다.

도망쳤나?

그렇게 생각한 순간 마스터 킴의 후방 수풀 안에서 트이치가 나타났다.

요건 몰랐지?

은신 후 나타날 때 트이치의 대사.

그것이 이토록 얄미울 수가.

톡톡톡. 어마어마한 공격속도로 기본 공격 세 방에 깔끔한 독 터뜨리기 스킬로 마스터 킴의 남은 체력이 삭제되었다.

그리고 시스템 화면에 커다란 알림이 떠올랐다.

[적! 펜타킬.]

◆

팀 데몬 연승 행진 종료!

시즌 첫 패배!

두 개의 문구가 각종 온라인 E-스포츠 기사 페이지 1면을 화려하게 장식했다.

여러 로크 커뮤니티의 뉴스레터도 마찬가지였다.

모든 기사마다 댓글이 수도 없이 달렸고 실시간으로 댓글의 수도 늘어나고 있었다.

무려 전승 우승으로 저번 시즌을 마무리 짓고 연승 행진을 이어가던 ST S팀의 패배 이후 이만한 파급력은 처음이었다.

이번 시즌 ST S와 동급으로 단숨에 치고 올라선 팀 데몬이니 모든 유저와 팬들이 당연하다는 듯 반응을 계속 보였다. 대부분이 충격적이라는 반응이었다.

일부에서는 ST S 이후 연속된 시즌에서 전승 우승 팀이 나올 수도 있다고 예상할 만큼 팀 데몬의 기세는 대단했다.

그런 기세가 꺾여버렸으니 충격적인 것이 당연했다.

형제 팀의 난!

강팀의 아킬레스건 형제 팀.

플레이오프권의 치열한 다툼 속 석연치 않은 결과.

4~6위 팀 팬들이 뿔났다!

뉴스 페이지를 조금만 넘기면 또 다른 제목의 기사들이 수두룩했다.

나란히 형제 팀에게 연승을 저지당한 ST S와 팀 데몬의 얄궂은 운명을 다룬 기사도 있었고 플레이오프 출전권을 놓고 전쟁 중인 중상위 팀 팬들 사이에서 형제 팀의 순위 상승을 위해 일부러 져 준 것이 아니냐는 비난도 나왔다.

그나마 다행인 것은 워낙 경기 내용이 다이나믹했고 팀 엔젤에게 운도 따랐으며 밴픽 단계에서 보여준 전략봉쇄는 압도적인 위용을 보여준 덕분에 그저 중상위권 팀 팬들의 볼멘소리 정도로 끝났다.

이런 여러 가지 반응 속에서도 유독 폭주하는 곳이 있었다.

얼마 전 새롭게 개설된 팀 데몬 전용 팬 페이지.

세상에는 여러 부류의 팬들이 존재한다.

강팀을 좋아하는 팬, 언더독을 응원하는 팬, 특정 선수를 응원하며 선수의 소속팀을 응원하는 팬 등….

그 중에서도 팀 데몬에게 매료된 팬들은 신흥강자의 위용을 바라보며 흡수되는 경우가 많았다.

절대강자라고 볼 수 있는 ST S에 비해 언더독이며 리그에서 보여주는 성적은 강팀의 반열에 있으니 두 부류의 팬들을 자극했다.

거기에 더해 경기마다 지루하지 않은 전략과 조합으로 늘 즐거움을 주는 베놈이라는 선수에게 매료된 팬들도 부지기수였다.

그렇다 보니 온갖 부류의 팬심을 지닌 팬들이 총체적으로 모여 들면서 데뷔 한 달 만에 외국인 가입자를 포함해 한국의 프로 구단들 중 3위 규모의 팬클럽을 보유하게 되었다.

페이지 내부 반응은 믿을 수 없다는 내용으로 가득했다.

그래도 팬들이라 그런지 위로의 글도 많이 올라와 있었고 하필 강팀들과의 연전 직전에 기세가 꺾인 것에 대한 우려 섞인 목소리도 있었다.

팀 데몬은 그런 팬들의 걱정을 씻어 날려주려는 듯 이틀이 지나 펼쳐진 휴식기 직전 마지막 경기에서 시즌 3위를 달리고 있는 쓰리스타 블루를 맞이해 2:0 완승을 거두었다.

아콘, 스파이럿, 데이데이, 소프트, 하츠.

면면이 대단한 선수들로 네임 밸류로 치면 결코 ST S에게 밀리는 이들이 아닌 스타 중의 스타였다.

이런 강팀을 상대로 완승을 거두며 여전히 건재하다는 메시지를 보여준 팀 데몬은 약 열흘 간 국제 대회로 인해 휴식기에 돌입했다.

휴식기 직전 성적은 13승 1패.

휴식기가 끝나고 돌아오면 곧바로 대망의 ST S와의 2연전이 기다리고 있었다.

첫 번째 경기가 끝나면 시즌 절반에 달하는 1라운드 종료 및 2라운드의 시작이 이어진다.

건재한 팀 데몬과 역시나 13승 1패 동률로 2위를 차지하며 바짝 뒤를 쫓는 ST S의 대격돌.

팬들에게는 열흘의 휴식기가 너무나 길게 느껴졌다.

♦

휴식기가 시작되고 3일은 말 그대로 휴식 시간이 주어졌다. 연습 없는 3일의 휴일이라는 말이었다.

장기간 리그를 치루며 몇 없는 기회였다.

연습만큼 쉬는 것도 중요하다는 것을 차 감독과 송 매니저가 누구보다 잘 알기에 선수들을 구속하지 않았다. 덕분에 선수들은 자유롭게 외출을 즐기며 시즌 중 하고 싶었던 것들을 마음껏 누렸다.

그러는 중에도 나는 외출은커녕 시급하게 정비해야 할 것들을 정리했다.

몇 가지 사안을 정리한 다음 차 감독에게 가져갔는데 놀라운 소식을 들을 수 있었다.

"안 그래도 장민석 임시코치를 팀 엔젤 담당이자 총괄 코치로 들일까 생각 중이다. 아마 그렇게 되더라도 너는 여전히 팀 데몬을 담당할 거고 간섭받을 일은 없을 게다."

"저와 같은 생각을 하셨군요."

"그래, 형제 팀 간 내전을 염두에 두지 못한 나의 실책이지. 워낙 네가 잘 해줬으니 망정이지 조금만 흐트러졌어도 팀 분위기를 크게 해칠 뻔했다."

장민석이 총괄코치가 된다고 해서 내가 불합리한 처우를 당할 일은 없었다.

어차피 경기 외적인 부분은 대부분 송 매니저가 케어하는 중이라 총괄의 의미는 차 감독이 필요한 잡다한 심부름에 장민석을 기용하겠다는 말이었다.

나는 가만히 고개를 끄덕였다.

가장 시급하다고 생각한 건의사항 중 하나가 바로 팀 엔젤 담당 코치의 영입이었다.

비단 형제 팀 내전 뿐 아니라 시즌이 거듭될수록 내게 부담이 축적되는 것을 느꼈다. 무조건 할 수 있다고 자신했었는데 팀 엔젤에게 첫 번째 리그 패배를 당한 다음 생각을 바꿀 수밖에 없었다.

팀 데몬에 나의 모든 역량을 올인 해야만 좋은 결과를 위해 최선의 선택을 할 수 있다.

어쨌거나 차 감독을 통해 장민석의 합류에 대한 스토리를 조금 더 들어보니 역시나 이형우 해설의 협력이 있던 것을 알 수 있었다.

마스터 리그의 경우는 역시 내 의견을 위주로 협력해 나가는 방향을 제시했다고 한다.

어쨌거나 주도권을 내게 주겠다는 말이었다.

나름 괜찮은 조건이었고 이형우 해설의 개입은 처음 눈치챘을 때와 같은 생각으로 문제 삼을 생각은 없었다.

오히려 좋은 경험이었다.

그런 이형우 해설조차도 고배를 마셨던 세계 대회를 생각하면 이런 하드 트레이닝은 언제나 환영이었다.

너무나도 뼈아픈 1패였지만 그로 인해 나는 또 배운 게 있었다.

선택과 집중.

상대 팀의 전략에 휘말려 함께 꼬이고 꼬인 전략을 선보이면 쉽게 풀어낼 수가 없다.

밴픽 작전을 선택하고 거기에 집중하든 경기 내적인 전략을 선택하고 집중하든 한 가지에 집중해서 완성도를 높이는 편이 낫다는 것을 경험으로 깨달았다.

내가 경기에 들어가지 않고 객관적인 판단 하에 전략을 수립하는 것과 직접 게임을 플레이 하며 만들어나가는 건 이번 생의 경험으로 차차 깨닫고 메우는 중이었다.

지금까지와 조금은 다른 측면에서 바라보는 분석과 이를 통해 수립하는 전략이 필요했다.

그런 의미에서 필요한 또 하나의 건의사항이 있었다.

"그럼 장민석 임시코치님 영입은 차 감독님께서 원하시는 방향으로 해주시면 좋겠습니다. 다른 한 가지는 연습생 충원이 시급하다는 것입니다."

"연습생?"

"저희 구단 가용인원이 너무나 빡빡합니다. 그리고 새로운 스타일과 특징을 가진 선수가 팀에 있으면 조금 더 다양한 전략, 전술, 조합이 나올 수 있습니다."

내가 제시한 것은 팀 엔젤 취약포지션 2명, 팀 데몬 취약포지션 2명으로 총 4명의 연습생을 충원하는 것이었다.

절반에 달한 이번 시즌에는 출전하지 못할 연습생 신분이지만 다음 시즌 당장 팀이나 리그 규칙이 어떻게 개편될지 알 수 없었기에 필요한 부분이었다.

돌연 은퇴를 결정하는 맏형 라인의 선수들이 있을 수도 있고 프로게이머들의 고질적인 관절 질환 등으로 휴식을 취해야 할 경우가 발생할 수도 있었다.

차 감독은 적극적으로 나의 의견을 반영하겠다고 했다.

시즌 초반만 하더라도 부푼 꿈을 안고 제한된 스폰서의 지원 안에서 모든 걸 해결해야 했지만 이미 우승권을 바라

볼 수 있는 성적을 내고 있기에 차 감독의 위상이 더 커진 상황이었다.

피닉스 사도 게이밍 기어를 리그의 공식 절차를 밟아 제공하며 엄청난 홍보 효과를 거둔 뒤 나날이 성장하고 있었기에 코치 한 명과 연습생 네 명 정도는 부담 없이 수용할 수 있을 거란 예상이 있었다.

오로지 팀 데몬에만 집중할 수 있는 환경을 차 감독에게 약속 받은 나는 만족스러운 얼굴로 연습실에 돌아왔다.

◆

이미 어느 정도 커넥션이 있었던 덕에 장민석 코치 임용은 오래 걸리지 않았다.

건의한 다음 딱 하루 하고 반나절 만에 팀에 합류했다.

나를 제외한 팀원들은 전부 외출 중이라 연습실에 달랑 장민석 코치와 둘만 남게 되었다.

간단하게 인사를 나누고 앞으로의 팀 운영에 대해 간단한 의견을 나누며 어색한 분위기를 풀었다.

듣기로는 팀 엔젤의 일일 코치 제안을 받았을 때 이미 코치로의 합류를 어느 정도 염두에 둔 상태였기에 빠른 계약이 진행될 수 있다고 했다.

어색한 분위기가 풀어질 만큼 이야기를 나누고 나니 자연스럽게 이런저런 대화 주제가 튀어나왔다.

마치 맥주 한잔을 두고 어린 시절을 이야기하는 친구처럼 장민석과 그의 선수시절 이야기를 주고받았다.

"그때만 생각하면 진짜 어이가 없다니까?"

"이형우 해설님이 욕은 안 했어요? 큭큭."

"아니, 욕은 안 했는데 아휴…. 지금 생각해도 그게 랜덤으로 선택 될 거라곤 생각도 못했지."

장민석 코치와 이형우 해설이 한 팀으로 활동하던 선수시절 리그 공식전에서 픽 페이즈 제한시간을 초과해 챔피언을 선택하지 못하면서 이형우 해설이 플레이할 정글 챔피언이 랜덤으로 선택되는 사건이 있었다.

아쉽게 경기를 패배했지만 경기 내용 자체는 좋았던 걸로 기억한다.

그런 사건의 당사자에게 비하인드 스토리를 들어보니 꽤나 재미있었다.

"그런데 괴석거인 필밴 시절에 돌진 에어본 조합 만들어서 사용한 건 누구 아이디어에요?"

"히바나는 내가 발굴한 거야. 룰루랄라, 오리안나 조합은 형우 형 아이디어였고."

"그 때부터 히바나가 살살 떠올랐으니 노잼톤 또바나 시절을 만든 건 장 코치님 영향이네요. 정작 본인은 은퇴하고.

킥킥킥. 초 패스트 드래곤은 어땠어요?"

"그건 순전히 형우 형 아이디어. 히바나 탑, 닥터문도 정글에다가 첫 블루 버프를 안나한테 주고 쉴드로 버티면서 용이 나오자마자 먹어버리는 거지."

"연습 때 힘들었겠네요."

"별별 놈들 다 써봤어. 일단 쉴드 있는 놈들은 전부 써봤어."

이런 시시콜콜한 이야기를 주고받으며 우리는 한층 가까워졌다.

선수를 꿈꾸던 시절 열렬하게 응원했던 스타 장민석을 대하는 나의 호감도가 기본적으로 높았고 본인 전성기 시절을 세세하게 기억하는 나를 보며 장민석은 만족스러운 미소를 보였다.

이윽고 우리는 텅 빈 연습실에서 함께 랭크 게임을 돌리기에 이르렀다.

팀원들이 없으니 팀 게임은 힘들었고 휴식 겸 즐겜 마인드로 가볍게 2인 큐를 돌렸다.

팀원들 복귀 시간까지 시간이나 떼우려고 하는 게임이라 둘 다 미드라인 포지션이었지만 포지션 욕심을 내지는 않았다.

어느 포지션이라도 재미있게 즐기자는 마인드로 게임을 돌렸고 한참이 지나 매칭된 유저들과 인사를 나눴다.

그런데 그 중에서 유독 눈에 띄는 아이디가 있었다.

Q Ho

통칭 퀸호라고 부르는 아마추어 정글러 고수 중 한 명이었다.

훗날 이 선수는 프로팀에 입단하며 아이디를 넛츠로 변경, 땅콩갓이라고 불리며 뭇 여성 팬들의 마음을 흔드는 정상급 정글러가 된다는 게 떠올랐다.

"장 코치님, 퀸호 저 친구 팀 엔젤에 엄청난 전력이 될 겁니다. 연습생으로 섭외 한 번 해보시죠."

나의 말에 퀸호의 전적을 검색하기 시작한 장민석 코치를 보며 나도 번뜩 떠오르는 것들이 있었다.

잠재력 충만한 선수들….

현 시점에 데뷔하지 못하고 기회를 찾고 있는 인재들.

그 사이에서 원석을 골라오는 게 가능했다.

선수들에게 있어 스크림 훈련에 대한 압박감과 피로도는 상상을 초월한다.

스크림 한 판과 솔랭 10판 중 어떤 것을 선택하겠느냐 묻는다면 십중팔구는 솔랭 10판을 선택할 것이다.

휴식이 필요해도 솔랭을 선택한다.

흔한 말로 즐겜과 빡겜의 차이인데 솔랭은 아무리 몰두해서 열심히 해도 스크림 만큼의 스트레스는 없으니까.

오히려 게이머들에게 솔랭은 휴식의 의미이기도 하다.

그럼에도 나는 빠른 팀웍 다지기와 성적 유지를 이유로 상당한 비율의 스크림 훈련을 강요했었다.

지금에 와서 성적이 좋은 이유는 그 덕분이기도 하겠지만 새로운 가능성에 눈이 뜨이고 나니 솔랭의 비율을 조금 늘려보는 게 어떨까 싶었다.

다른 구단보다 먼저 아마추어 고수들을 물색해서 발굴하면 시간이 계속 흘러 선수의 공백이 생겨도 자연스럽게 그 자리를 메꿀 수 있다는 게 마음에 들었다.

한 팀이 된 퀸호는 역시나 협곡을 날아다녔다.

장민석 코치가 미드라인을 서고 오랜만에 과거 자신의 주력 카드였던 다이아나를 꺼내 들었는데 수도승의 108갱킹에 힘입어 괴물 같은 성장을 거뒀다.

미드라인 갱킹이 한 번 성공할 때마다 장 코치는 감탄사를 연발했다.

"워어…. 애 아마추어 맞아? 어디 벌써 다른 팀 연습생 하는 거 아니야?"

"확실히 아마추어에요. 지망생이기는 할 테지만."

아직 점수대가 시즌 중인 구단의 코치진에게 눈에 띌 정도는 아니었다.

기억을 더듬어 보자면 아진에 합류한 다음 아이디를 바꾸는데 아직 퀸호 닉을 사용한다는 건 입단 제의 직전이라는 뜻이나 다름없었다.

나의 확신에 장민석이 고개를 절레절레 저었다.

"아니, 그런데 동선이 이렇게 정교하다고? 형우 형이 보면 어이가 없겠다."

미드라이너만큼 정글러의 동선에 예민한 라인도 또 없을 것이다.

특히나 전자두뇌 이형우와 짝을 지었던 장민석에게는 충격 그 자체였다.

초 단위, 분 단위를 쪼개 최적의 정글링과 갱킹, 역 갱킹 루트를 만들어야만 한다는 강박이 이형우에게는 뇌리에 박혀 있었다.

자연히 팀 게임을 하다 보면 이형우가 정해둔 시간대 안에서 최선의 결과를 나을 수 있도록 딜 교환을 강요받았을 것이다.

3캠프 돌고 왼쪽 뒤로 돌아 갱킹을 가면 몇 분 몇 초대가 될 테니 그 시점에 맞춰 상대의 체력이나 이동기를 빼둬.

이런 매커니즘 안에서 연습을 했을 테니 솔랭에서 자신의 타이밍에 맞춰 정글링을 끝내고 붙어주는 퀸호의 운영에 소름이 돋을 만도 했다.

특히나 장민석이 열광하는 이유는 사전 약속이나 커뮤니케이션 없이 자신의 라인 운영 상황을 보면서 퀸호가 스스로 유동적인 동선을 맞춘다는 것에 있었다.

아군 정글에 몬스터가 재생성 되기 전이라면 주저 없이 적 정글로 들어가 정글링을 마쳤다.

그 과정에서 의도치 않은 타이밍에 라이너가 딜 교환을 하거나 적 정글러의 위치가 파악되면 경고 핑을 열심히 찍어 위기를 벗어나게 만들었다.

몇 분이나 더 퀸호의 활약을 지켜보던 장민석이 말했다.

"확실히 연습생은 아닌 것 같다. 자세히 보니까 야생의 습성이 그대로 살아있어."

"그렇죠? 변화 폭이 큰 정글링과 솔랭에 특화된 핑 커뮤니케이션까지 그냥 아마추어 고수 티가 많이 나요."

"저거 잘 다듬으면 진짜 무섭겠는데?"

앞으로 팀 엔젤을 담당하게 될 장민석은 퀸호의 플레이를 보며 완전히 매료된 것 같았다.

본인은 조금 더 파악해 볼 생각이라고 말했지만 이미 내가 느꼈던 바를 느끼고 있을 것이 분명했다.

팀 엔젤의 가장 보조가 필요한 포지션은 정글이었다.

민찬영은 말 그대로 안정감이 돋보이는 정글러지만 조금씩 정글러에게 캐리력이 생기는 메타의 중심에서 안정감은 큰 도움이 되지 못한다.

훗날 선수 생활을 지속한다고 해도 안정감이 필요한 경기에서는 민찬영이, 캐리력이 필요한 경기에서는 또 다른 정글러가 교체로 출전하면 될 일이었다.

랜턴 정글이 뜨거운 감자로 말 많은 지금 시점에 랜턴 정글을 다루지 못하는 정글러는 팀의 전략에 뼈아픈 아킬레스건이 아닐 수 없었다.

타 구단이 기본적으로 팀 엔젤을 상대할 때 랜턴 정글 조합을 배제하고 나올 수 있으니 심리전도 힘들었다.

물론, 지금 플레이하는 퀸호도 수도승을 다루고 있지만 그건 밴픽 단계에서 거의 모든 랜턴 정글러가 밴 당한 바람에 생긴 현상이었다.

공식전보다 일반 유저가 즐기는 랭크 게임에서 랜턴 정글은 미친 듯이 유행하는 중이었다.

어쨌거나 순수 아마추어 시절 퀸호의 플레이는 나도 처음 보는 것인데 역시 재능은 대단했다.

하지만 팀 엔젤에 합류할 수 있도록 제안한 것을 후회하거나 아깝다는 생각은 들지 않았다.

상규도 못지않은 엄청난 실력을 지니고 있으니 욕심 낼 필요가 없었다.

팀 데몬의 시급한 포지션은 역시나 탑과 원딜러였다.

나를 포함한 막내라인 셋은 어린 만큼 영민한 플레이가 가능했고 급변하는 메타에 빠르게 적응하는 능력을 지니고 있었다.

올드 유저로 시작한 탑 라이너 도경민과 원딜러 박명건은 점점 활약이 줄어드는 게 눈에 보였다.

지금이야 좋은 성적을 유지 중이고 메타에 필요한 능력이 포함되어 있기에 상관없지만 훗날을 생각하면 역시나 대비할 필요가 느껴졌다.

도경민은 탱커 위주의 플레이에만 특화된 상태고 박명건은 기본공격 위주의 성장형 원딜러를 잘 다룰 뿐 스킬샷이 필요한 원딜러는 잘 다루지 못했다.

우선 이런 약점을 보완할 수 있는 아마추어 고수들을 물색해볼 생각이었다.

◆

매년 세계 최고의 실력을 보여주는 각 라인의 지존들이 등장한다.

내 기억 속에서 가장 임팩트가 대단했던 탑 라이너들은 이미 대부분 데뷔한 후였다.

록시 데뷔와 함께 숨겨두었던 캐리력을 뽐내고 있는 츠멥.

쓰리스타의 양대 산맥 아콘, 리퍼.

아진의 히바나 히어로 데이브.

T1 통곡의 벽 클라우트와 캐리머신 멀린.

CEJ의 외모로 캐리하는 상남자 프레임.

롤스터의 조커 투데이….

훨씬 거슬러 올라가면 장민석 코치와 이형우 해설의 형제 팀 1세대 최고의 탑 라이너 라퍼드부터 시작된 내 기억 속의 재능 있는 탑 솔러들이었다.

이렇게 생각해 보니 이형우, 장민석 두 사람의 분석에 고배를 마신 게 뼈아프지만은 않았다.

라갈량이라 불리던 라퍼드도 한 숙소에서 함께 연구를 거듭했을 이들의 세월이 몇 년인가.

코치 시절에도 맞상대 해본 경험이 없으니 좋은 경험이라는 생각이 들었다.

어쨌거나 내가 떠올린 라이너들을 제외한 현 시점 아마추어, 연습생들 중 우리 팀에 잘 어울릴만한 탑 라이너를 몇 추려낼 수 있었다.

이제 막 이름을 알리고 있는 더 샤이가이.

이븐과 나탈리를 엄청나게 잘 다루는 걸로 훗날 엄청난 명성을 쌓게 된다.

하지만 인성에 많은 문제가 있어 유저들과 빈번한 불화를 만들고 챔피언 폭이 굉장히 좁은 게 문제다.

사실 재능만 있다면 연습생 신분으로 챔피언 폭을 늘릴 수 있도록 도우면 되는데 결정적으로 대리 게임에 손을 대서 영구 정지에 당하는 걸로 알고 있다.

과감하게 패스.

다음은 나락카인이라는 아이디의 제이크 장인 유저.

역시 여러 가지 인성 문제로 입방아에 오르내린 적이 있지만 이 정도는 유명 플레이어에게 늘 따라다니는 정도로 팀에서 단속하면 케어 가능한 수준이었다.

문제는 여러 라인을 가게 될 수밖에 없는 솔랭 특성상 많은 플레이를 갈고 닦아야 하는데 각 라인마다 사용하는 챔피언이 한정적으로 존재한다.

이런 경우 정해진 챔피언 이외의 것을 연마하는 중 실력에 대한 자신감이 없어지고 슬럼프를 겪을 수가 있었다.

게다가 성향이 전혀 다른 탱킹 라인 챔피언을 담당해야할 때 문제점이 많이 발생한다.

아쉽지만 패스.

외에도 여러 아마추어 고수 탑 라이너가 있었다.

메도루이헌터.

비주류 챔피언 중에서도 탱킹 라인을 잘 다루고 묵묵하게 자기 역할 다 해내는 플레이어지만 나이가 많고 선수 생활에 대한 욕심이 없다.

캐리형 챔피언과 어울리지 않는 점도 문제.

그러다가 발견한 인재가 있었다.

닉네임 만기제대.

수도승, 올라크 장인으로 엄청난 숙련도와 슈퍼플레이를 함께 보여주는 유저였다.

기억에 따르면 곧 리메이크 될 갱플리크와 탑 라인 챔피언으로 설계된 신 챔프 일체를 잘 다루며 캐리력 중심의 경기를 펼치지만 조합 상 불가피할 때 탱커 챔피언을 다루기도 하며 유동적인 모습을 보여줬다.

심지어 인성 문제도 없고 개인 방송을 봐도 잔잔하게 차분하게 게임하는 것을 즐기는 편이었다.

방송조차 PC방에서 하는 등 여러 재미있는 모습을 보여주는 인물로 내 관심을 잡아 끌었다.

한 가지 문제가 있다면 이미 실력은 검증된 유명 게이머고 당연히 여러 구단에서 프로 제의를 했다.

만기제대는 게임으로 스트레스를 받고 싶지 않다며 모든 제의를 거절하고 개인 스트리머로 방향을 잡은 것 같았다.

합류만 해준다면 제대로 키워볼 자신이 있는데 그를 설득하는 것이 가장 큰 문제가 될 것 같았다.

일단 연결고리를 찾아야 하는데….

내가 고민에 빠져 있으니 어딘가 사라졌던 장민석이 다시 돌아와 물었다.

"뭐야? 왜 그러고 있어? 탑 라이너 찾는다며."

"아, 오셨어요? 퀸호는요?"

"방금 막 약속 잡았어. 내일 모레 팀원들 복귀하면 테스트 한 번 보려고."

"역시 프로의 꿈이 있는 친구는 섭외도 쉽네요."

술술 일이 풀리는 듯 보이자 만기제대를 선택한 내가 살짝 싫어질 뻔 했다.

장민석이 바로 물었다.

"누구 찾은 사람은 있고?"

"있는데 연락할 방법이 마땅치가 않네요."

"뭐가 걱정이야. 베놈 아이디로 일단 친구신청부터 하면 지금 로크 판에 누가 안 받아주겠어?"

"일단 그게 가장 정석이기는 한데 이 친구가 프로의 꿈이 없어요."

내 말을 듣고 장민석이 알아챈 듯 표정을 확 구겼다.

"뭐야? 만기제대? 그 친구?"

"장 코치님도 알고 계세요?"

"이 바닥에서 최상위권 찍고 프로 지망 안 하는 친구는 거의 그 친구가 유일하지."

"네, 아무래도 그냥 친구신청 하고 섭외하기에는 좀 부족할 것 같아서요. 좋은 방법 없나 고민하고 있어요."

장민석 코치가 나지막한 목소리로 말했다.

"꼭 필요하다고 생각하면 비벼봐야지. 유비가 제갈량 찾으러 안 갔으면 제갈량도 그냥 잠룡으로 끝났어."

"흐음…. 일단 휴가가 이틀은 남았으니 방법을 찾아야 봐야겠네요."

"그 친구 BJ 한다며? 어차피 챌린저에서도 듀오 게임하는 유저 몇 없던데 그쪽 방면은 커뮤니케이션이 있을 수도 있잖아. 아는 로크 BJ 없어?"

"아…. 네, BJ 분들은 잘 몰라요."

막 거기까지 대답하고 나니 번뜩이는 생각이 떠올랐다.

내게 쏟아지던 수많은 친구 신청 페이지.

수많은 커뮤니티 쪽지.

수많은 메일.

그 안에는 분명 로크 개인방송을 하는 BJ들의 초대 메시지가 포함되어 있었다.

앞으로도 아마추어 고수들은 결국 BJ들과 먼저 친분이 생기고 그 다음 프로 선수들과, 구단 관계자들 눈에 띄게 된다.

이 기회에 BJ 몇을 골라 관계를 다져놓는 것이 나쁘지 않을 것 같았다.

그 다음 개인방송을 이용해 만기제대에게 접근하는 방식이 좋겠지.

과연 내가 인터넷 방송에 출연하면 시청자가 몇이나 될까?

많건 적건 프로라는 이름을 달고 있는 덕분에 확실히 BJ들에게 도움이 될 것이다.

남은 이틀의 휴가를 쓸 방법이 생겼다.

인터넷 방송 플랫폼에서 개인 방송을 하는 로크 BJ들은 수도 없이 많다. 때문에 자연스럽게 같은 분류의 카테고리로 방송하는 BJ들 사이에서도 메이저와 마이너가 나뉜다.

시청자를 만 명 이상 보유한 이들도 있고 기껏 해야 수백 명 정도 보는 방송도 있는 법이다.

하지만 중요한 것은 시청자의 수가 아니다.

출연과 관계의 물꼬를 틀 생각으로 접근할 거라면 출연할 방송도 잘 골라야만 한다.

실제로 이미지가 좋지 않은 BJ의 방송에 출연해 더불어 이미지에 타격을 입은 게이머들이 수두룩했다.

인터넷 방송 플랫폼의 운영 규정 상 욕설도 가능하고 소위 말하는 시청자 끌어 모으기 용도의 어그로 컨셉도 많은 편이라 BJ를 잘못 만나면 안 나가느니만 못하다.

평소 인터넷 방송 시청을 즐기는 상규가 몇몇 BJ들을 추천해주었다.

천상계라 불리는 상위 티어는 게임과 게임 사이의 대기시간이 엄청나게 긴 편이라 큐를 기다리는 동안 인터넷 방송 시청이나 간단한 플래시 게임을 즐긴다.

나는 그 시간을 해외 리그나 챙겨보지 못한 경기를 보는 것으로 대체했는데 상규는 인터넷 방송을 주로 보았다.

그가 추천해준 BJ 중에는 일전에 메시지를 보내왔던

대물파전이 포함되어 있었다.

실력은 그냥저냥 일반 유저들과 비슷한 수준으로 가장 많은 유저가 분포한 티어의 BJ였다.

클린 방송을 지향하며 욕설 없는 긍정방송이 컨셉이었다.

쉴 새 없이 터지는 위트가 가득한 애드립이 재미있는 BJ.

드물게 얼굴을 공개하지 않고 캠 화면 없이 목소리로만 방송을 하는 BJ로 친분 있는 프로게이머들과 음성통화를 하며 듀오 게임을 돌리는 것으로 합동 방송을 한 전례가 있다.

특히 ST S의 서포터인 만두 임정현과 친분이 있었다.

출연에 대한 부담 없이 음성통화 혹은 음성채팅으로 시청자를 만날 수 있으니 나쁘지 않지만 안타깝게도 그와 듀오를 돌릴 만 한 하위 티어 계정이 없어서 포기했다.

다음으로 추천 받은 BJ 이름을 본 나는 나도 모르게 탄성을 뱉었다.

"오…!"

BJ유상호.

내가 왜 이 생각을 못했지?

코치의 삶을 살던 그 때, 내가 소속해 있던 록시 타이거즈의 스폰서는 최초 BJ들의 엔터테인먼트로 시작한 회사였다.

중국발 자본의 영향으로 여러 사건들이 겹치며 결국 엔터테인먼트는 공중분해 되고 게임단만 따로 떨어져 나와 명맥을 유지한 일이 있지만 확실히 한 때 한 식구였다.

내가 워낙 BJ 파트에 관심을 두지 않고 게임단 운영에만 신경을 썼던 지라 깜빡 잊고 있었다.

유상호는 로크 BJ로 아이디어와 기획력이 좋아 여러 가지 컨텐츠를 생산하면서 방송을 시작한 지 오래 되지 않아 플랫폼 순위 1위를 찍는 기염을 토하기도 했었다.

그의 이름을 기억하는 이유는 컨텐츠들이 워낙 재기발랄했기 때문인데 기본적으로 프로게이머나 챌린저 티어의 아마추어 초고수들을 초대하는 초대석 방송으로 시작했다.

이후 여러 게이머, 초고수들과 교분을 다져놓은 뒤 하위 티어 유저들과 상위 티어 유저들의 실력 차이를 재미있게 보여줄 수 있는 컨텐츠를 진행했다.

챌린저VS브론즈 20분 버티기!

최초에 봤던 하이라이트 영상 제목을 아직도 기억한다.

상위 0.1%와 하위 0.1%의 극단적인 대결인데 브론즈 티어 유저들의 승리조건은 모든 걸 떠나 20분만 버티면 되는 것이었다.

영상도 참 재미있게 뽑혔다.

유상호 본인이 직접 중계하는 방식으로 게임을 관전하는데 브론즈 유저들은 챌린저 유저들을 상대로 20분도 버티지 못하고 광속 패배를 하고 말았다.

그냥 버티기만 해도 되는데 버틸 수가 없을 만큼 실력 격차가 나는 것이다.

유상호의 챌린저 지인들을 이용한 컨텐츠는 계속 되었다.

챌린저VS브론즈 챌린저 스킬 1개만 찍기.

챌린저VS브론즈 5:3으로 챌린저가 이길 수 있을까?

챌린저VS브론즈 10분 파밍 제한 챌린저의 한계는?

챌린저VS브론즈 100킬 패널티 내주고 게임하기.

도대체 어디에서 샘솟는 아이디어인지 끊임없는 컨텐츠로 시청자를 끌어 모았다.

심지어 나조차 하이라이트 영상들은 보일 때마다 시청했을 정도이니 분명 실력 있는 BJ라고 할만 했다.

로크 실력도 중상위 티어는 유지할 정도로 나쁘지 않았다.

그래, 나만 기억하는 과거이자 현 시점의 미래가 될 일이지만 한 지붕 아래 같은 사무실을 쓰던 식구인데….

그런 생각에 마음이 점점 기울었다.

유상호는 여느 때처럼 해가 밝기 시작할 무렵 방송을 정리하고 있었다.

"아이고! 말랑 형님 오늘 수고했고 저녁에 또 보자며 달풍선 100개를! 감사합니다. 감사합니다."

밤샘 방송을 계속 지켜보던 팬들이 피곤에 점점 지쳐가던 유상호의 활짝 웃는 모습을 보고 연이어 풍선을 터뜨렸다.

한동안 들어오는 풍선에 대한 리액션을 보여주던 유상호가 채팅창을 얼린 다음 마무리 멘트를 했다.

"오늘 방송 봐주셔서 너무 감사드리고 다들 고생하셨고요. 저는 또 새로운 컨텐츠 잘 고민하고, 잘 만들어서 저녁에 다시 오겠습니다. 저녁에 뵙겠습니다!"

방송을 종료한 유상호는 곧장 침대로 달려가 드러누워 조금은 쉴 법도 한데 바로 게임 클라이언트를 실행해 출연 섭외용 계정에 접속했다.

로크 챔피언스 리그 휴식기가 시작되는 바람에 컨텐츠를 함께 할 유저를 섭외하기가 여간 힘든 것이 아니었다.

프로게이머들은 시즌 중 한 번 있을까 말까한 휴가를 즐기는 중이었고 그런 프로들과 친분이 깊은 아마추어 최상위 고수들도 덩달아 놀러가면서 공백이 생겨버린 것이다.

방송에서는 또 컨텐츠를 들고 찾아오겠다고 말은 해놨지만 당장 자고 일어나 저녁에 방송을 키면 할 게 없었다.

"진짜 큰일이네…."

역시는 역시인가?

시간대도 애매했지만 휴가의 여파로 접속한 유저가 거의 없었다.

일단은 상위 티어 유저 다섯 명을 모아 진행하는 컨텐츠는 포기해야 한다는 생각에 아쉽지만 다른 아이디어를 찾았다.

이럴 때일수록 섭외 가능한 명단 안에서 해결할 수 있는 컨텐츠를 집중하는 편이 좋았다.

다만, 게스트 방송을 하더라도 초대할 인물의 네임 밸류가 어느 정도는 되어야 방송의 퀄리티가 유지된다.

막 그런 생각을 하고 있는데 로비 화면 아래로 메시지 창 하나가 떠올랐다.

[Mr.Q: 상호 형 방송 중?]

평소 새벽 시간 대 방송을 종종 시청하던 프로게이머 미스터 큐였다.

현재 리그 1위를 달리는 팀 데몬의 정글러로 출연만 해 준다면 대박인 보배와 같은 존재!

유상호는 곧장 답변을 보냈다.

[SangHo: 아니 방금 막 방종했어.]

[SangHo: 다음 경기 ST S랑 맞지? 그래서 이 시간까지 안 자고 연습하는 거야?]

[Mr.Q: 연습은 모레부터. 휴식도 중요하다면서 구단에서 휴가 받음.]

[SangHo: ㅋㅋㅋ그럼 형 방송이나 한 번 나와. 출연료 잘 챙겨줄게.]

[Mr.Q: 나 말고 딴 사람은 안 됨?]

[SangHo: 당연히 안 되지. 형 오늘 저녁 방송 컨텐츠 빵꾸 각이야. 너 아니면 안 돼.]

유상호는 넌지시 출연 제의를 하면서도 대답이 영 시원찮으니 안 될 것을 예감하고 의자에 등을 파묻어버렸다.

그런데 바로 돌아오는 미스터 큐의 대답에 벌떡 일어났다.

[Mr.Q: 나보다 끕은 좀 떨어지지만 진욱이 오늘 스케줄 없음. 유상호 방송 베놈 초대석 ㄱㄱㄱ]

믿을 수 없는 상황에 두 눈이 커지고 손발이 발발 떨렸다.

"진욱? 권진욱? 베놈 권진욱?"

혹시 착각한 것은 아닐까 몇 번이나 읽어보고 인터넷 검색 창에 검색까지 해봤다.

아무리 다시 봐도 지금 가장 뜨거운 화제의 인물 베놈 권진욱이 맞았다.

떨리는 손을 부여잡고 마음이 변하기 전에 잡아야 한다는 생각에 답장을 보냈다.

[SangHo: 아이고 상규형님 감사합니다. 감사합니다.]

[SangHo: 제가 뭘 하면 될까요? 짖을까요? 짖겠습니다.]

[Mr.Q: ㅋㅋㅋㅋㅋㅋㅋㅋㅋㅋㅋㅋㅋㅋㅋㅋㅋ]

[Mr.Q: 진욱이 아이디 알죠? 친구신청 걸어 봐요.]

대답할 겨를도 없었다.

유상호는 곧장 채팅 화면을 뒤로 넘기고 친구 신청란에 베놈 권진욱의 아이디를 넣었다.

"할렐루야!"

마치 기다리고 있었다는 듯 권진욱이 친구 신청을 받아주었다.

그리고는 곧바로 채팅창 하나가 더 생성되었다.

[Venom: 안녕하세요.]

[SangHo: 안녕하십니까! 유상호입니다! 팬입니다!]

[Venom: 감사합니다.]

[SangHo: 정말 출연 가능하세요? 출연만 해주신다면 뭐든 제가 할 수 있는 건 다 해드릴게요.]

[Venom: 채팅으로 얘기하기는 좀 길어질 것 같으니 통화하시죠.]

통화라니! 전화통화를 말하는 거겠지?

선뜻 통화 이야기를 꺼내니 유상호는 너무 좋아서 팔짝 뛸 지경이었다.

어찌 되었건 잘 나가는 프로의 전화번호를 얻을 수 있는 기회이다 보니 절대 놓치면 안 된다는 생각이 머릿속을 지배했다.

번호만 알고 있다면 관계를 유지하는 것에 있어서 자신 있는 유상호였다.

[SangHo: 010-1234-5678 제 번호입니다!]

메시지를 보내주자마자 한 통의 전화가 걸려왔다.

수화기 너머에서 베놈의 목소리가 들렸다.

[안녕하세요. 잠깐 통화 가능하시죠?]

"물론이죠. 저는 10시간도 더 가능합니다."

[다름이 아니고 유상호님께 부탁드리고 싶은 일이 조금

있어서요. 제가 달리 도와드릴 방법은 없고 방송 한 번 함께 하시면 어떨까 싶네요.]

"그것보다 더 잘 도와주실 방법이 없습니다. 아이고, 아이고…. 제가 도와드릴 수 있는 일이 뭐죠?"

[혹시…. 만기제대라는 닉네임 쓰는 분과 친분이 있으신지?]

할 수 있는 일이라면 뭐든 다 할 마음이었던 유상호는 순간 멈칫했다.

만기제대?

안면은 있었다.

플랫폼에서 진행한 BJ 간담회 현장이나 시상식 등지에서 몇 번 보고 인사를 나누기는 했는데 딱히 엄청난 친분이 있는 것은 아니었다.

베놈은 왜 만기제대 이야기를 꺼낸 걸까?

의도는 알 수 없지만 원하는 게 그라면 일단 붙잡아야 한다. 베놈은 놓칠 수 없었다.

"물론이죠. 같은 BJ 아닙니까?"

[방송은 출연하는 걸로 하고…. 나중에 만기제대님과 다리 좀 놓아주실 수 있을까요?]

"실례가 안 된다면 무슨 일인지 알아야 조금 쉽게 진행할 수 있을 것 같은데…."

[저희 구단에 신규 연습생을 선발할 생각인데요. 탑 라이

너로 그분이 적합할 것 같아서요. 무작정 제안한 몇몇 구단은 이미 퇴짜 맞은 걸로 알고 있습니다.]

대답을 듣고 나니 유상호는 마음이 푹 놓였다.

어차피 본인과 관련된 일도 아니고 다리만 놓아주면 되는 간단한 부탁이었다.

베놈 권진욱 단독 게스트로 초대석 방송을 진행할 수 있는 기회였다.

방송이 시작되면 실시간 방송 랭킹 1위는 무조건 따 놓은 당상이었다.

이런 기회를 놓치면 방송인이 아니다.

만기제대와의 없는 인연은 만들어서라도 다리를 놓을 자신이 있었다.

"다리 놓아드리는 정도는 쉽죠. 가능합니다."

[아! 정말 감사합니다. 그럼 방송 컨텐츠나 스케줄은 조율해보죠.]

"정리해서 메시지로 보내드릴게요. 오늘이 안 되면 내일이라도 가능하니까요."

[네, 그럼 연락 기다리겠습니다.]

유상호는 전화를 끊자마자 아무것도 없는 허공에 연신 어퍼컷 세례를 퍼부었다.

오늘 방송을 역대급으로 만들어야 한다는 생각에 피로와 졸음도 몽땅 날아가 버렸다.

유상호는 곧바로 자신의 방송국 홈페이지 공지사항에 특별 게스트 초청 방송이라는 제목과 베놈을 연상시킬 수 있는 단어 몇 개를 조합해 게시글을 올렸다.

12장. 또 다른 로크 세상

프로게이머
PROGAMER

프로게이머
PROGAMER

12장. 또 다른 로크 세상

유상호가 보내온 스케줄 표는 간단했다.

방송 시작 시간은 저녁 8시.

그 때에 맞춰 유상호가 방송을 진행하는 스튜디오로 가면 내가 원하는 시간 선에서 방송이 흘러간다.

5시간, 8시간의 선택지를 주었는데 각각 새벽 2시, 새벽 5시에 끝나는 스케줄이었다.

휴가가 아니었다면 시즌 중에는 꿈도 못 꿀 일이다.

유상호는 거기에 더해 최소 2만 명 이상의 시청자가 몰릴 거라는 말과 함께 컨텐츠 목록도 보내주었다.

방송 시작 후에는 시청자 투표로 정해진 라인에 정해진 챔피언으로 랭크 게임을 두 게임 정도 보여주는 것으로 고정되어 있었다.

팬들은 선수들이 여러 라인에서도 잘하는지와 주류 챔피언이 아닌 비주류 챔피언을 잘 다루는지도 궁금해 하기에 이목을 끌기에는 충분한 컨텐츠였다.

이후에는 잠시 게임을 쉬어 가며 야식 먹방 + QnA 컨텐츠로 이어진다.

팬들이 궁금해하는 질문에 답변하며 자연스럽게 배를 채운다.

그 다음 순서가 시청자 참여 이벤트 게임이었다.

정식 게임은 압도적인 격차가 벌어질 것이 눈에 보이니 특별 게임 모드인 서릿발 나락 게임을 시청자들과 함께한다.

메시지를 함께 보던 상규가 씩 웃으며 말했다.

"재미있겠네. 나도 시즌 끝나면 방송 한 번 나가야겠다."

"오…. 쌍규 소통하는 프로게이머가 되는 건가?"

"아니, 출연료가 이렇게 센 줄 몰랐지. 가서 맛있는 야식도 얻어먹고 딱 좋네."

이번 일을 직접 도와주기도 했고 딱히 숨길 일도 아니라 제안 받은 출연료를 알려줬더니 아까부터 입맛을 다시고 있다.

유상호는 출연료료 일정 금액에 더해 게스트 방송 중 받는 달풍선 수익의 20%를 제안했다.

네임 밸류가 있으니 최고 수준의 금액을 제시한 거라며 출연만 해준다면 조금 더 줄 수도 있다는 말을 덧붙였다.

통계에 따르면 유상호는 하루 평균 110~120만원가량의 수익을 올리는 메이저 BJ였다.

이번 경우처럼 소위 말하는 어그로가 끌리는 게스트 방송에는 폭발적으로 시청자 수가 증가한다.

게다가 시청자의 참여를 유도하는 컨텐츠에서 달풍선 개수나 선착순으로 설정하면 벌어들일 수익이 많기에 20%라고 해도 100만 원 정도는 받을 수 있다고 했다.

당연히 5시간 출연하는 것보다 8시간 출연하는 게 3시간이나 달풍선을 더 벌어들일 수 있었다.

상규는 매월 지급되는 당월 연봉 금액을 8시간 만에 벌 수 있는 기회라며 8시간을 적극 추천했다.

나도 재미있는 경험이 될 것 같았고 컨텐츠도 나쁘지 않았다. 그리고 이왕 유상호에게 부탁하며 돕는 입장에 제대로 돕자는 생각에 8시간으로 결정한 다음 회신했다.

그런데 여전히 상규가 옆에서 입맛을 다시는 게 보였다.

상규를 보며 문득 내 머릿속에도 재미있는 컨텐츠 하나가 떠올랐다.

◆

방송이 시작되었다.

오전부터 올려둔 유상호의 공지사항 덕분인지 방송이 시작됨과 동시에 폭주하듯 시청자가 몰려들었다.

"안녕하세요! 반갑습니다. 유상호입니다. 와아…. 뭐야, 뭐야 이거? 천천히 들어오세요. 여러분 거기 밀지 마시고! 아아, 진짜 많은 분들이 와주셨네요. 감사합니다."

한껏 너스레를 떨며 방송 초반 분위기를 띄우는 모습이 역시 방송인이다 싶었다.

나는 캠 화면에 나오지 않는 살짝 옆에서 채팅창을 바라보고 있었다.

현재 방송 시작과 동시에 시청자 수가 7천여 명.

채팅도 1초에 수 천 개가 동시에 올라갔다.

도저히 한 채팅을 끝까지 읽을 수가 없는 속도였다.

그 정신없는 와중에도 유상호는 태연하게 채팅을 읽고 시청자의 닉네임을 읽으며 연신 인사를 해댔다.

도대체 저걸 어떻게 읽는 거지?

신기해서 나도 읽어보려고 시도했다. 한참 뚫어지게 바라보니 어느 정도 읽는 방법이 생겼다.

채팅이 올라가는 속도에 맞춰 내 시선도 함께 올리면 한 줄 정도는 머릿속에 들어온다.

읽는 것이 아니라 머릿속에 들어온다는 표현이 맞겠다.

신기하고 재미있어서 계속 채팅창을 봤다.

[베놈 내놔라]

[진짜 베놈이면 유상호 능력 ㅇㅈ]

[ㅇㅈ? 아아 인정? 그럼 나도 ㅇㅈㅇㅈ]

[베놈 어그로 끌고 다른 사람이면 청자 반토막 각]

[누가 있긴 있냐? 베놈 얼굴 좀 보여 봐]

[2년 째 브레이커 허탕 치더니 베놈은 어떻게 낚았지?]

[베놈인지 모름 아직]

[유상호 낚시질 하루 이틀이냐?]

[베놈 엉덩이 때리고 싶다.]

[유상호 면상 치우고 빨리 손님 보여줘라.]

[갈놈아 나 베 것 같아]

[어그로들 강퇴점]

[매니저 일 안 하냐]

중간 중간 몇몇 저질드립이 눈에 띄었지만 대체로 팬들은 나의 등장을 기대하고 있었다.

경기 후 팬 미팅하는 느낌과는 또 다른 신선함이었다.

유상호는 한동안 오늘 진행될 컨텐츠에 대해 설명하다가 불쑥 나를 가리켰다.

"이 컨텐츠들을 오늘 여러분과 함께 하실 슈퍼스타! VIP 게스트! 바로 피닉스 스톰의 대들보 프로게이머 베놈 권진욱 선수입니다! 와아아아아!"

"아, 안녕하세요. 권진욱입니다."

오로지 텍스트로만 팬들의 피드백을 받아야하는 개인방송 특성 때문인지 유상호는 혼자 북치고 장구치고 박수치고 다 했다.

부산스럽고 오버스러운 느낌이 없지 않아 있지만 시청자들은 아주 좋아했다.

[씨ㅂ리얼이다ㅋㅋㅋㅋㅋㅋㅋ]

[진짜다! 진짜가 나타났다!]

[와 권진욱 진짜 나옴 대박]

[베놈님 ST S 경기 직전에 이 무슨…!]

[2연전 ST S가 이겼답니다.]

나의 등장으로 방송리스트 썸네일에 얼굴이 뜨자 시청자는 더 빠른 속도로 늘어났다.

나는 제법 익숙해진 채팅창을 읽으며 소통했다.

"저희도 내일까지 휴가고 ST S도 아마 휴가일 거에요. 휴식기라 구단 스크림도 올 스탑입니다. 걱정마세요."

"자, 권진욱 선수 인터넷 방송 출연은 처음이시죠? 현재

1만2천 명 정도 되는 시청자 분들이 보고 계신데 소감이 어떠세요?"

자연스럽게 이어나가는 유상호의 진행 덕분에 초반의 긴장감이 많이 해소되었다.

내가 미처 읽지 못하고 놓친 채팅은 유상호가 직접 읽어주며 팬들과의 소통을 도왔다.

적당히 인사를 나누고 소통을 하다 보니 어느덧 시청자는 만오천 명을 돌파했다.

슬슬 타이밍이라고 느꼈는지 유상호가 게임 클라이언트를 실행하며 첫 번째 컨텐츠로 넘어갈 계기를 만들어줬다.

나는 메인 자리에 앉아 장비를 간단하게 세팅하고 유상호의 진행을 지켜봤다.

"자, 그럼 미션 솔랭 시작하겠습니다. 지금부터 달풍선 선착순으로 라인, 챔피언 추천 받겠습니다. 아셨죠? 시작합니다. 3, 2, 1. 쏘세요!"

시청자들은 나의 다른 라인과 비주류 챔피언을 추천하기위해 일제히 달풍선을 쏟아 부었다.

시청자가 계속 늘어나 2만여 명에 육박하는데 당연히 달풍선을 쏘면서 추천하려는 이들도 많았다.

순간적으로 달풍선 파티가 벌어졌다.

이게 도대체 몇 개야…?

유상호는 냉정하게 선착순 세 명씩 잘라 총 여섯 명을 뽑았다.

"와아…. 진짜 0.1초 차이로 놓치신 분들 안타깝습니다. 그래도 아직 컨텐츠 많이 남아 있으니까 실망하지 마시고요. 선정된 여섯 분 채팅으로 추천 라인, 챔피언 올려주세요."

유상호가 진행하는 동안 눈대중으로 달풍선 개수를 세보니 얼추 3천 개 정도가 넘어가는 것 같았다.

현금으로 치면 30만원 수준.

참여를 유도해서 선착순 타이틀을 걸고 1초 만에 30만원을 받아낸 것이다.

플랫폼에 수수료를 떼어주고 나도 20만원 가까운 금액이다.

인터넷 방송 BJ들이 이렇게 돈을 버는 구나….

통계표를 볼 때도 어마어마하다고 생각했는데 현장을 직접 목격하니 경이로웠다.

"과연 투표 결과는 어떻게 되었을까요…!"

시청자 투표 결과가 공개되었다.

압도적인 1위를 찍은 조합은 정글 노라카 플레이였다.

"와…. 이건 좀…."

"어쩔 수 없습니다. 시청자분들이 원하는 플레이에요!"

"제가 하위 티어 부계정이 없어서 본계정으로 해야 하는데…."

"오! 그럼 챌린저 고수들이나 다른 구단 프로들하고 매칭 되겠네요? 좋아요. 꿀잼 각이죠?"

유상호의 말에 팬들은 더 열광했다.

챌린저는 말 그대로 프로들과 프로지망생들이 사활을 걸고 게임하는 무대였다.

휴식 개념의 즐겜을 하더라도 정상적인 픽 안에서 트롤링을 하지 않는다.

그런데 그런 티어에서 정글 노라카라니.

함께 매칭될 유저들에게는 미안하지만 별 방법이 없었다.

다른 계정을 플레이 하면 대리 게임으로 정지를 당하게 된다.

어쨌거나 내 계정으로 해야 하는 상황.

한참을 기다려 게임이 잡히고 정글 포지션에서 노라카를 픽했다.

곧장 팀원들의 원성이 쏟아졌다.

[베놈님, 저 지금 강등 방어전인데….]

[아…. 닷지 좀요.]

채팅을 올린 두 사람은 시청자들도 익히 아는 챌린저 티어 고수들이었다.

저들끼리는 재미있다고 채팅창에 난리가 났다.

심지어 강등 위기라는 유저에게 애도를 보내기도 했다.

나는 일단 팀원들에게 양해를 구했다.

[집중해서 빡겜 할게요. 죄송합니다.]

[아…. 진짜….]

가까스로 얼렁뚱땅 로딩 창으로 넘어가며 돌이킬 수 없는 게임이 시작되었다.

게임이 시작됨과 동시에 내 시선은 일정 채팅창으로 향하지 않았다.

"오…. 채팅창에서 지금 시청자분들이 베놈 선수 게임 시작하자마자 눈빛 변했다고…. 프로는 다르구나 하시네요."

로딩 화면에서야 상대방 조합의 닉네임이 보였는데 프로게이머 둘, 꽤 유명한 연습생 둘이 포함되어 있었다.

거기에 몰두한 나머지 유상호의 말에도 대답하지 않고 정글링을 시작했다.

유상호는 진행을 위해 쉴 새 없이 떠들었다.

"일단 상대방 조합에 너무 쟁쟁한 분들이 계셔서 역대급 게임이 되지 않을까 생각합니다."

그러거나 말거나 정글링.

다시 입을 여는 유상호.

"아무리 중요한 게임이지만 그래도 방송 출연하셨는데 살짝살짝 대답 좀 부탁드려요…"

"아아, 네. 이거 진짜 저 분 강등 방어전이라고 해서 대충하면 안 되거든요. 죄송합니다."

"너무 몰입 안 하면 그것도 안 되니까 적당히 집에 귀환하는 타이밍이나 이럴 때 소통 유도 해드릴게요."

이미 그 타이밍에 내 대답은 끊겼다.

프로게이머의 승부욕이 너무 뜨겁게 타오르고 있었다.

픽이 대수랴.

3캠프 정글링을 마치고 타이밍이 딱 탑 라인 역갱을 봐줄 수 있었다. 마침 탑 유저 챔피언도 이븐이라 힐링과 침묵만 제대로 넣어줘도 시너지가 나온다.

르넥톤과 거미여왕에게 쫓기던 이븐이 나를 발견하고 아래로 내려왔다.

나는 곧장 체력이 반 정도 남은 르넥톤 머리 위에 핑을 찍고 침묵 이후 이븐에게 힐을 넣으며 광역공격을 퍼부었다.

강등 방어전이라던 이븐 유저는 필사적인 평캔 실력을 뽐내며 폭발적인 딜을 르넥톤에게 작렬했다.

[선취점!]

이븐이 선취점을 먹고 거미여왕은 부리나케 도망쳤다.

노라카 정글 플레이로 꽤 괜찮은 모습을 보여주니 갑자기 옆에서 유상호가 호들갑을 떨기 시작했다.

"아아! 리코더님 노라카 플레이가 오지고 지렸다며 달풍선 백 개를! 아아! 곧바로 선쨩님께서 나도 그 플레이 봤다며 또 백 개를! 호리호리님 베놈 선수 침묵 타이밍이 대박이라며 또 다시 백 개를! 감사합니다. 여러분!"

아니, 이게 무슨 일이야?

꽤 좋은 활약이 나오자마자 여기저기서 달풍선이 터져 나왔다.

게임은 의외로 잘 풀려 나갔다.

노라카의 스킬 구성 상 시간은 조금 걸려도 정글링이 잘 되는 특성이 있는데, 서포터가 아니기 때문에 주문력을 조금 높여 주었더니 원활한 정글링이 가능했다.

갱킹이 매우 취약하다는 단점이 있는데 이건 아군이 죽을 위기에 놓였을 때 세이브해주는 것으로 대체할 수 있었다.

"오, 바텀 라인 싸우죠! 싸우죠!"

유상호의 호들갑 중계가 들렸다.

동선 상 어쩔 수 없이 탑 라인 정글에서 정글링 중에 적 정글이 아군 바텀을 덮쳤다.

동선이 엇갈린 것이다.

나는 상황을 지켜보다가 곧장 적의 탑 정글로 카정을 들어가며 결정적인 순간에 궁극기를 사용했다.

소생!

맵 어느 곳에 있어도 아군에게 엄청난 양의 힐을 넣어줄 수 있는 노라카의 궁극기!

노라카의 광역 힐링 스킬 덕분에 아군은 살아남고 마무리 지으려고 무리한 다이브 플레이로 들어갔던 거미여왕이 오히려 죽고 말았다.

"우와아아아! 기가 막힌 힐 타이밍! 힐 낚시 지려버렸죠? 갱승이에요. 갱승! 거기에 카정까지 치고 있죠! 거미여왕은 도대체 뭐 먹고 크죠? 이야…!"

또 한 번의 슈퍼플레이가 나오자 다시 유상호의 입이 바빠졌다.

채팅창에 화려한 풍선 모양이 마구 올라왔다.

"아아! 맵 리딩 실력에 심볼을 탁! 치고 간다며 기홍이님께서 달풍선 백 개를! 호리호리님 오늘 아주 물 만났다는 듯이 아까 백 개에 연이어 백 개를! 감사합니다!"

"감사합니다."

게임이 어느 정도 풀리고 나니 나도 한결 여유가 생겨서 감사하다는 리액션을 덧붙였다.

이게 의외로 재미있고 신나는 일이었다.

어찌 되었건 나의 슈퍼플레이가, 혹은 좋은 모습이 보여질 때마다 팬들이 실시간으로 피드백을 보내오는 것이니까.

실시간 피드백을 받으며 게임을 한다는 느낌이 매우 신선했다.

묘한 흥분감!

나는 잔뜩 흥이 올라 더 집중하고 더 좋은 기회를 엿보게 되었다. 프로게이머는 다들 어느 정도의 관종의 끼가 있다는 말이 있는데 나 역시 포함인 것 같았다.

어느덧 중반에 접어드는 게임 상황에 나는 한 번의 데스도 기록하지 않고 온 맵을 휘젓고 다니며 아군을 보조했다.

강등 방어전을 치루는 이븐 유저의 열혈 플레이 덕분에 승기는 우리 손에 쥐어진 상태였다.

나는 승기를 놓치지 않으려고 무리하는 아군을 미저리마냥 쫓아다니며 살려내고 살려내서 첫 번째 게임을 승리로 이끌었다.

승리가 확정되고 모니터에 승리 화면이 떠오르자 또 한 번 달풍선 러쉬가 시작되었다.

유상호는 정신없이 달풍선을 보내준 이들에게 감사 인사를 전했고 나도 감사하다는 말을 덧붙이며 한 게임 동안 벌어들인 달풍선이 몇 개인지 세기 시작했다.

BJ에게만 보이는 정산 화면에 차례로 입력된 달풍선 개수가 벌써 5천 개를 웃돌았다.

추천 시간에 받은 3천 개의 달풍선을 생각해보면 한 게임 동안 2천 개의 달풍선이 더 들어온 것이다.

벌써 시청자의 현금만 50만원이 들어왔다.

방송 시작한 지 이제 고작 한 시간.

여덟 시간 스케줄을 다 마치고 났을 때가 궁금해졌다.

◆

만기제대는 방송 중 몇 없는 시청자가 자꾸 빠져나가는 것이 신경 쓰였다.

팬 닉네임까지 맞춰준 고마운 팬들을 제외한 유동 팬이나 비로그인 시청자들은 거의 썰물 시간이 된 것 마냥 쭉 빠져나가버렸다.

딱히 달풍선을 강요하거나 집착하지 않지만 일단 스트리머로 성공하겠다는 마음이 컸는데 줄어드는 시청자 숫자는 마음이 아팠다.

"오늘 무슨 대회 경기 있어요? 갑자기 시청자분들 막 빠져나가네…."

속상함에 혼잣말 내뱉듯 남아준 시청자들에게 푸념을 뱉었다. 그러자 즉각 피드백이 올라왔다.

"에…? 유상호 방송에 베놈이 출연했다고요? 첫 경기 노라카 정글로 캐리하더니 두 번째 경기 원딜 키모로 개통 쌌다고? 그런데 3만 명이 본다고 지금? 와아…."

실시간 반응으로 많은 정보를 취합해 일련의 상황을 파악한 만기제대는 저도 모르게 방송 리스트를 띄웠다.

성공적인 스트리머의 삶.

그것을 이제 막 남의 방송 게스트로 나온 베놈이 해내고 있으니 어지간히 관심이 갔다.

방송 중인 BJ가 타 BJ의 방송을 잠깐씩 확인해보는 건 흔한 일이라 팬들도 관심있게 지켜봤다.

원래라면 어느 방송을 가던 만기제대 들어왔다고 난리가 났을 채팅창이 너무나 정신없이 올라가는 바람에 일반 시청자처럼 조용히 지켜볼 수 있었다.

"여러분 확인하셨죠? 천하의 베놈 권진욱 선수도 키모로 원딜 포지션 가면 똥 쌉니다. 크크큭."

"아…. 독버섯 쓰려면 AP가야 하는데 그게 안 되니까 진짜 어렵네요. 공격 사정거리도 너무 짧고…."

"아마 하위 티어가 아니라서 더 힘들었겠죠."

"같은 팀에 걸린 유저분들게 죄송하네요. 죄송합니다."

두 번째 게임이 끝났는지 유상호와 권진욱은 채팅창을 보며 소통하고 있었다.

만기제대는 조금 더 방송을 지켜봤다.

그러다 문득 유상호의 발언이 귀에 들어왔다.

"그래도 노라카 정글로 캐리하는 것보다 키모 원딜로 똥싸는 걸 팬 분들은 더 좋아하시는 것 같아요. 달풍선이 훨씬 많이 터졌어요."

"아, 그런가요? 똥 쌌는데 왜 달풍선을 쏘시죠…."

"왜 그런 말 있지 않습니까? 일단 유명해져라. 그럼 당신이 똥을 싸도 대중은 박수를 쳐줄 것이다. 되게 유명한 말인데 아시죠?"

"앤디 워홀이 했던 말이라고 알려졌지만 사실 그런 말을 한 적이 없다고 했던 명언? 격언이죠."

"맞아요. 베놈 선수 유명하시잖아요. 그래서 똥 쌌더니 팬 분들이 박수 소리가 안 들리니까 달풍선 쏴주신 거죠. 킥킥킥. 유명인이니까요!"

장난스럽게 대화를 주고받는 두 사람을 보며 만기제대는 완전히 폐부를 찔린 듯 심각한 표정을 지었다.

그래, 맞는 말이다.

발언의 진위여부가 어찌 되었건 적어도 이 대한민국 땅에서는 유명해지면 똥을 싸도 박수를 쳐준다.

지금까지는 나름 로크 판에서 실력 있는 탑 라이너로 유명해졌다고 생각했다.

그러나 권진욱을 보니 완전히 잘못 짚은 것이었다.

진짜 유명해진다는 건 바로 저런 것이다.

굳이 자기 방송이 아니라도 얼굴을 보이는 것만으로 3만 명이 넘는 시청자를 끌어 모을 수 있는 힘.

그것이 네임 밸류였다.

만기제대가 자신의 방송에 물었다.

"베놈 권진욱 선수만큼 유명해지려면 어떻게 해야 할까요?"

그런 말이 있다.

답정너.

답은 정해져 있고 너는 대답만 하면 된다.

방금 만기제대의 발언은 답정너 수준의 질문이었다.

당연히 팬들은 말했다.

[프로 데뷔해서 실력을 보이면 되지 않을까?]

[어차피 지금 리그 탑 라이너들 솔랭에서 만나도 대부분 이기잖아.]

[프로 해. 프로.]

[이 나라에서 방송 타는 것보다 빨리 유명해지는 방법 있나? 뻔한 걸 물어.]

막상 시청자들의 즉각적인 반응을 보고나니 살짝 마음이 흔들렸다.

정말 좋아하는 게임을 일로 대하며 스트레스 받고 싶지 않았다. 그래서 프로 제의를 전부 거절했었다.

그러나….

불가피하다.

베놈 권진욱이 보여주는 그 만큼의 네임 밸류가 필요했고, 그것을 얻기 위해 프로 생활을 경험해볼 필요가 있었다.

성공과 실패 여부는 중요하지 않다.

어차피 스트리머나 BJ 이름 앞에 전 프로 수식어가 붙고 안 붙고 차이에서 벌어지는 밸류가 이미 존재하니까.

그래, 어차피 프로게이머 생활이 천년만년 지속되는 것도 아니다.

가뜩이나 선수 생명 짧은 직업군인데 조금이라도 서둘러 화끈한 전성기를 보내고 멋있게 은퇴하면 어떨까?

계속해서 그런 생각들이 만기제대의 머릿속에 스물스물 기어 들어왔다.

◆

나는 도대체 내가 치킨을 먹을 때마다 시청자들이 달풍선을 쏘는 이유를 이해하지 못하겠다.

다리를 뜯으면 다리 맛있어 보인다고 달풍선.

날개를 뜯으면 날개 맛있어 보인다고 달풍선.

가슴살을 뜯으면 퍽퍽하니 입가심이라도 하라며 달풍선.

소통 수단에 있어 출연자는 제약이 없지만 시청자는 오로지 텍스트와 달풍선으로 의사를 보일 수밖에 없었다.

재미있네 이거….

경험 해보니 문득 떠오르는 일들이 있었다.

코치 생활을 할 때 록시 선수들이 개별적으로 연습 시간에 개인 방송을 켜놓고 팬들과 소통하는 모습을 봤다.

구단에서는 그것을 딱히 제제하지 않았다.

어차피 연습시간 외 모든 행동은 그들의 자유였으니까.

선수들의 개인 방송은 어느 정도 팬들의 호응을 이끌었다.

그런데 그 시점 이후 T1을 비롯한 몇몇 구단에서 아예 스트리밍 방송 서비스를 시작했다.

솔랭 화면을 보여주는 게 주 컨텐츠였고 선수의 재량으로 진솔한 대화를 나누는 시간들도 있었다.

저렴한 수수료로 플랫폼과 계약을 맺어 팬들에게는 선수와 소통할 기회를 제공하고 선수에게는 팬들의 후원금을 통해 부가적인 수익을 얻을 기회를 제공하는 방법이었다.

선수의 개인 스트리밍 방송.

이 시스템을 우리가 가장 먼저 가져오면 어떨까?

계약의 문제로 아직 어느 구단도 시도하지 않은 시점이었다. 분명 성공할 수 있을 것 같았다.

구단의 선수들에게는 충분한 수익이 보장되니 나쁘지 않을 것이고 비교적 작은 스폰서인 피닉스 사도 재정적인 이득이 생길 것이다.

거기에 더해 나는 또 다른 가능성 한 가지를 보았다.

스트리머를 꿈꾸는 만기제대에게 충분한 적응의 기간이 되지 않을까?

프로 생활을 하면서도 스트리머로서의 기반을 닦을 수 있다. 어쩌면 그에게 큰 메리트가 생기고 합류를 제안했을 때 좋은 대답을 이끌어 올 수 있을 것 같았다.

하루 남은 내일의 휴가는 차 감독과 충분한 상의를 해보고 피닉스 사의 관계자를 만나 제안해보는 걸로 마음을 정했다.

막 그런 생각을 하고 있는데 유상호가 소감을 물어왔다.

"권진욱 선수, 이렇게 방송을 통해서 실시간으로 시청자와 소통해보니 소감이 어떠세요?"

"이거 진짜 재미있는 것 같아요. 솔직히 연습시간 끝나면 연습실에서 한, 두 시간이라도 방송 켜볼까 싶기도 하네요."

"어어…! 안 돼요. 그럼 내 시청자 다 빠져나간단 말이야."

"큭큭큭."

내가 넌지시 연습실 방송에 대한 이야기를 꺼내자 어마어마한 속도로 피드백이 바로 나온다.

[와 개꿀잼 각.]

[연습실 궁금하다. 방송 켜면 다른 선수들도 있겠지?]

[미스터 큐랑 듀오랭 방송 보여줘요!]

[진짜 재미있겠다. 해줘요. 해줘.]

의외로 좋은 반응이 나오자 나도 자신감이 생겨 시청자들에게 물었다.

"진짜 방송 켜면 오실 겁니까? 여러분?"

역시나 반응은 폭발적이었다.

[갑니다. 갑니다.]

[솔직히 유상호 방송에서 브레이커 매칭 안 되잖아. 베놈 방송 보면 브레이커랑 라인전 하는 것도 다 볼 수 있겠다.]

[진짜 리얼 천상계 방송 가능하겠는데?]

[쩜오 말고 진짜들의 전쟁!]

[대박 조짐 ㅋㅋㅋㅋㅋㅋㅋ]

나는 자신감을 확 얻었다.

덕분에 한결 편한 마음으로 먹방과 QnA 컨텐츠를 넘길 수 있었다.

약 3시간 반 정도 지난 시점.

이제 슬슬 시청자 참여 게임을 해야 할 시간이었다.

유상호의 말에 따르면 이 때가 가장 박 터지는 달풍선 싸움이 될 거라고 했다.

그렇게 시청자들 달풍선 러쉬에 불이 붙으면 나는 유상호도 모르게 준비해온 컨텐츠로 기름을 콸콸 부을 생각이었다.

유상호가 간단하게 부스의 정리를 마치고 진행을 이었다.

"자, 그럼 여러분이 기다리고 기다리시던 시청자 참여 게임 시간이 돌아왔습니다! 베놈 권진욱 선수와 한 팀이 되어 싸우는 경험도 할 수 있고 직접 베놈 권진욱 선수에게 스킬을 쏟아 부어 킬을 가져갈 수도 있는 시간!"

이번 순서에 대한 팬들의 기대가 얼마나 큰지 시간과 시청자 숫자만으로도 느낄 수 있었다.

벌써 자정을 넘고 1시를 넘어 2시를 향해 달려가는 새벽인데도 아직 3만 명의 시청자가 그대로 남아 있었다.

나는 유상호가 바로 게임 참여를 위한 달풍선 러쉬 타이밍을 잡기 전에 끼어들었다.

"그런데…. 제가 컨텐츠 표를 받고 오늘 여기 오기 전에 생각한 게 하나 있거든요?"

"오…. 뭐죠? 뭔가요?"

"나락 게임은 별로 재미가 없잖아요?"

"그래도 일반 게임은 진욱 선수가 속하는 팀이 너무 유리해지니까 밸런스가 안 맞는 것 같아서요."

채팅창은 'ㅇㅈ' 두 글자로 도배가 되었다.

나는 태연한 얼굴로 말했다.

"그럼 상대 팀에 실력 비슷한 사람 한 사람만 있으면 해결되는 문제잖아요?"

"진욱 선수랑 실력 비슷하려면 브레이커밖에 없는데요?"

"아…. 그 정도는 아니고요. 아무튼 제가 지원군을 한 명 불렀습니다."

지원군이라는 말에 유상호도 어리둥절한 얼굴이었고 채팅창에는 연신 물음표가 올라왔다.

내가 스마트폰을 꺼내 상규에게 전화를 걸었다.

통화모드를 스피커 모드로 전환한 다음 마이크에 갖다 대면서 소개했다.

"여러분, 제가 부른 지원군입니다."

[안녕하세요. 미스터 큐 안상규입니다. 베놈 찢으러 갑시다! 제 팀으로 오세요!]

상규의 목소리가 들리자 시청자들보다도 유상호가 훨씬 더 놀랐다.

"아니! 잠시만요. 잠시만요. 미스터 큐 선수는 제가 섭외한 게 아닌데…."

"제가 도와달라고 했습니다. 상규도 흔쾌히 시청자 참여 게임에 함께 해주기로 했고요."

"그럼 출연료는 제가 안 드려도…?"

"아 그건 제가 알아서 잘 챙기겠습니다. 하하하."

유상호가 그렇다면 걱정 없다는 듯 다시 활기찬 목소리로 방송 분위기를 띄웠다.

"와아…! 이게 사실 여러분에게는 말씀 안 드렸지만 제가 안상규 선수랑 또 긴밀한 사이거든요! 고맙다. 상규야!"

시청자들은 어이가 없다는 듯 채팅 세례를 퍼부었다.

[유상호 개졸렬 ㅋㅋㅋㅋㅋㅋㅋ]
[출연료 아꼈다고 겁나 좋아하네]
[졸렬졸렬졸렬]

유상호는 한참이나 시청자들과 졸렬이 아니라 친분을 생각한 거라면서 재미있게 변명하며 분위기를 다졌다.

나는 제법 익숙해진 방송 분위기에 적응한 채 적당한 타이밍에 치고 들어가 시청자와 소통했다.

"여러분 미스터 큐 선수 정도면 시청자 네 분씩 모시고 일반 게임 밸런스 맞겠죠? 인정?"

역시나 곧바로 들어오는 피드백!

[ㅇㅈㅇㅈ]

[ㅇㅇㅈ]

[ㅇㅈ]

[한체미vs한체정 ㅇㅈ]

[인정합니다.]

한층 업된 분위기 속에서도 유상호는 프로 방송인의 자세로 방송 제목을 바꾸었다.

'베놈VS미스터큐 시청자 참여대전!'

확실히 제목에 또 하나의 스타 프로게이머가 등장하자 늦은 시간임에도 다시금 시청자 수가 증가하기 시작했다.

유상호는 화면을 가려주었고 나는 사용자 설정 게임을 만들어 상규를 초대했다.

상규와 서로 다른 팀으로 흩어진 것을 확인한 유상호가 바로 시청자 참여 추첨을 위한 달풍선 지원 타임을 가졌다.

"게임에 참여하고 싶으신 분들은 지금부터 달풍선을 쏴

주세요! 최소 100개 1표 인정이고요. 자동으로 입력되는 여러분 아이디를 추첨 프로그램에 돌려서 여덟 분을 선정하겠습니다! 200개 2표, 300개 3표로 참여 기회 많아집니다."

"많이 참여해주세요."

멘트가 끝나기가 무섭게 달풍선이 폭포수처럼 쏟아져 들어왔다.

"미나님 달풍선 200개로 이름 두 번 들어가셨고요! 감귤꼭지님 500개! 이름 다섯 번 들어갑니다!"

"와…. 진짜 많은 분들이 지원해주시네요."

"100개 지원해주신 분들 너무 많아서 일일이 닉네임 불러드리기가 힘들 지경이네요. 감사합니다."

"우와! 프로방스님 1000개!"

프로그램을 사용하는 완전 추첨식에 달풍선 개수로 자신의 닉네임을 최대한 많이 집어넣어 당첨 확률을 높이려는 유저들의 통 큰 러쉬가 계속되었다.

유상호야 영원히 지원자를 받고 싶겠지만 너무 대놓고 상업적이면 뭇매를 맞기에 30초 시간 제한을 걸어 두었다.

"자, 카운트다운! 5! 4! 3! 2! 1! 그만!"

마지막의 마지막까지 달풍선은 쏟아져 들어왔다.

자동입력 된 추첨 프로그램의 지원자 수를 확인 해보니 무려 3천 2백여 명.

중복된 이름이 있으나 어차피 달풍선 100개에 1표로 인정되는 방식이니 단 30초 만에 들어온 달풍선 금액이 무려 3천 2백만 원에 달한다.

입이 떡 벌어지는 상황이 아닐 수 없었다.

3만여 명 조금 넘는 시청자들 중 10분의 1이 만원을 던져 지원한 것이다.

수수료를 떼도 이게 얼마야 도대체?

유상호가 유독 다른 BJ들보다 초대방송이나 컨텐츠 방송에 목숨을 거는 이유가 뭔지 알 것 같았다.

개개인에게 만원이라는 금액은 어쩌면 가볍게 소비할 수 있는 금액이다.

최대한 많은 유저의 가벼운 금액을 가져오는 방식으로는 대중이 좋아할만한 흥밋거리를 제공하는 수밖에 없다.

이런 방면으로 이토록 비상한 재주가 있을 줄이야.

비록 게임과 관련된 것은 아니었지만 제법 유용한 정보를 배워가는 것 같았다.

물론, 이 어마어마한 금액의 퍼센테이지 수익은 나의 출연료이니 물질적으로도 두둑하게 챙길 수 있을 것 같았다.

게다가 전혀 관계없는 일도 아닌 것이 구단 선수들 개인 스트리밍 방송이 시작되면 코치로서 최대한 많은 수익을 가져다줄 수 있도록 돕는 것이 인지상정이다.

뭔가 얻는 것이 많아지면 나태해지는 유형의 인간도

있지만 웬만한 프로게이머라면 그 속성이 지키기 위해 더 열심히 하게 되기에 자신의 유명세를 지키려고 무던히 노력할 것이 분명했다.

승부욕을 자극시켜주면 충분히 가능한 일이었다.

어쨌거나 유상호의 긴장감을 주는 진행이 이어지며 양 팀 네 명씩 시청자 추첨이 끝났다.

우연히도 양 팀으로 나눠진 유저들의 티어 분포도 고르게 잘 되었다.

의외로 밸런스 잡힌 팀원 구성 덕분에 재미있는 게임이 펼쳐질 것 같았다.

화면이 밴픽 페이즈로 넘어가고 나는 팀원들에게 가벼운 코치를 했다.

"저희 팀 랄프님이 다이아 티어로 제일 높으시니까 정글 맡아주시고 여러분 가장 잘 하는 챔피언으로 조합 맞춰보죠. 저는 탑 라인 갈 거고 상규가 어느 라인 갈지 모르니까 인 게임에서 세부오더 할게요."

팀원들은 나와 게임을 할 수 있는 것만으로도 영광이라며 훈훈한 분위기 속에서 수월하게 조합을 맞추고 라인을 찾아갔다.

사실, 이런 게임에서 서포터를 하고 싶은 사람이 누가 있겠냐마는 플레티넘 티어 유저가 서폿 유저라며 스스로 서포터를 하겠다고 자처한 덕분에 더 수월했다.

나와 상규는 주 포지션을 제외한 포지션에 가기로 미리 합의를 해둔 상태였다.

이것 역시 게임의 밸런스와 재미를 위한 조치였다.

나는 적당히 팀원들을 맞춰줄 생각으로 탑 키모를 픽했다.

"아까 키모 원딜로 똥 싼 것을 만회하겠습니다."

탑 키모는 모든 유저들이 진저리 치면서도 꼭 플레이하고 싶은 마성의 픽으로 예능적 요소를 담뿍 갖추고 있었다.

실력에 따라 캐리도 가능하니 내 발언에 채팅창은 폭소의 도가니였다.

완성된 우리 팀 조합은 재미있었다.

베놈 팀
탑 – 키모
정글 – 붕대미라
미드 – 제이드
원딜 – 페인
서포터 – 고철로봇

챔피언 매커니즘이 멋지거나 재미있어 숙련도 없이 많은 이들의 손을 타는 녀석들을 통틀어 '충 양산 챔피언'이라고 한다.

충은 벌레를 의미하는 한자어로 실력도 안 되면서 플레이하는 유저를 챔피언 이름 뒤에 충이라고 표현한다.

대표적으로 야소 충, 제이드 충, 페인 충이 있다.

대체로 게임에 강력한 영향을 끼칠 만큼 똥을 싸기에 벌레로 표현하는 인터넷 용어이다.

아무튼 우리 팀 조합은 충들의 집합소 같은 느낌이었다.

키모, 붕대미라, 제이드, 페인, 고철로봇.

완성된 조합을 보면서 시청자들은 예능픽 조합의 재미있는 게임을 기대했다.

로딩 화면이 되고 상대 팀 조합을 보고 또 한 번 웃음이 터져 나왔다.

미스터 큐 팀

탑 – 싱드

정글 – 이븐

미드 – 야소

원딜 – 그레이븐

서포터 – 카릭

만만치 않은 충 양산형 챔피언들의 모임이었다.

이로서 의도치 않은 충들의 전쟁이 시작되었다.

상규는 미드라인에 야소를 들고 출격했다.

유상호는 역사상 이토록 많은 시청자와 달풍선이 있었나 싶을 정도로 대박을 기록한 오늘 방송에 매우 만족하고 있었다.

시청자 참여 게임 내용도 매우 재미있었다.

권진욱과 안상규가 적당히 유저들의 수준에 맞춰 즐겁게 수준을 맞춰준 덕에 방송이 확 살았다.

스스로 할 수 있는 것은 방송 끝까지 분위기를 계속 유지할 수 있도록 쉴 새 없이 떠드는 것뿐이었다.

"아아! 싱드 달립니다! 달려요! 권진욱 선수 키모도 이속 버프 스킬 쓰고 따라 붙는데요! 조금 위험해 보이죠? 엄마가 싱드는 따라가는 거 아니라고 했는데요!"

고도의 집중력으로 서브PC를 이용해 상황이 벌어지는 격전지를 방송 화면에 비춰주며 중계를 했다.

"정글에서 미드, 정글 교전이 벌어졌습니다! 제이드, 야소! 붕대미라와 이븐! 이븐 유저 완전 제대로 충 냄새 나죠? 평캔 어디 갔나요. 어제 학교에 두고 온 것 같은데요? 어떻게 이븐, 야소 조합이 밀립니까? 아아아…!"

시청자들은 어처구니가 없을 만큼 웃긴 상황이 계속 발생하자 연신 'ㅋㅋㅋㅋ'을 채팅 창에 올려댔다.

"아아…! 이 중요한 순간에 싱드를 지구 끝까지 쫓아가던 키모가 죽었습니다! 대이변이죠! 미스터 큐 팀 탑 라이너 홀리데이님 평생 자랑 할 수 있겠죠? 베놈 권진욱을 따버렸어요! 키모랑 상성 안 맞나요? 권진욱 선수?"

권진욱이 솔로 킬을 당하는 순간 싱드 유저가 게임 채팅으로 'ㅋㅋㅋㅋ'을 올려 프로를 비웃었다.

그 장면도 꽤나 재미있어 시청자들이 달풍선으로 피드백을 보내왔다.

유상호는 무아지경이 되어 중계와 리액션을 오가는 혼신의 몰입도를 보여주었다.

◆

대박도 이런 초대박이 없었다.

새벽이 깊어갈수록 방송을 종료한 다른 BJ의 시청자들은 물론 운영자들도 들어와 시청할 정도로 방송은 성황리에 끝낼 수 있었다.

유상호는 연신 감사하다며 내게 인사를 했다.

"진짜 감사합니다. 사실 오늘 컨텐츠 빵꾸 날까봐 정말 걱정 많이 했는데 덕분에 레전드 찍었어요."

"아휴, 뭘요. 저도 재미있었어요."

"일단 이게 오늘 정산창입니다. 원래는 안 보여드리는데 너무 엄청나서 보여드릴 수밖에…."

유상호가 하루 방송에 들어온 달풍선 정산창을 보여주었다.

내 두 눈이 내 의지와 관계없이 휘둥그렇게 변했다.

다른 부분은 눈에 들어오지 않았다.

수수료와 세금을 공제한 실제 환전가능 금액이 무려 5천 3백만 원이었다.

유상호가 두 손으로 내 손을 붙잡고 말했다.

"진짜 극소수 여성 캠 방송 제외하면 하루 만에 이 정도는 레전드 중에 레전드에요. 약속한 비율로 내일 은행 열면 바로 입금해드릴게요. 너무 감사해서 조금 얹어 천백만 원."

"헐…."

매일 이럴 수는 없겠지만 어쩌면 연봉 이외에 같은 비율로 부수입이 생길 방법을 찾아낸 것 같았다.

단 하루 방송 출연에 일정 비율만 떼어 받는 돈이 천만 원이 넘는다.

이거라면 된다.

나는 애초에 목표였던 만기제대의 연습생 영입이 가능할 거라고 생각했다.

"상호님, 일단 푹 쉬시고 금액은 천천히 입금해주셔도 됩니다. 무엇보다 만기제대님과 다리를 빨리 부탁드릴게요."

"걱정하지 마시죠. 제가 책임지고 꼭 연결시켜 드릴게
요."

유상호의 확신에 찬 대답을 듣고 나는 마음을 놓았다.

◆

만기제대와의 만남은 생각보다 훨씬 빠르게 이루어졌
다.

리그 휴식기가 끝나기 3일 전의 시점이었다.

대 ST S전을 앞두고 한창 준비에 여념이 없을 상황이었
지만 팀의 전력을 충원하는 것에도 소홀할 수 없었으며 리
그 2라운드가 시작되면 따로 시간을 내기가 더 힘들기에
잠깐 시간을 내어 만남을 가졌다.

상규에게 전해 듣기로 유상호가 깊은 친분이 없던 상태
에서 나를 방송에 출연시키기 위해 확언을 했고 이후 고생
을 많이 했다고 들었다.

충분한 감사의 인사를 전하고 만기제대를 처음 만난 순
간 첫 느낌은 매우 좋았다.

"안녕하세요. 만기제대라는 이름으로 게임방송 하는 강
영식입니다. 상호 형 방송 나오셨을 때 정말 재미있게 봤습
니다."

"반가워요. 권진욱입니다."

나는 애초에 연습생으로 합류하라는 제안과 압박보다는 그의 흥미를 유발할 주제로 대화하기로 생각하고 이 자리에 나왔다.

그편이 훨씬 마음을 얻기 쉬울 것 같았다.

"방송 참 힘들죠? 저도 해보니까 재미도 있고 힘들기도 하더라고요. 방송 하시는 분들 정말 대단한 것 같아요."

"아휴, 하루 종일 연습하고 긴장감 넘치는 현장에서 승부를 가리는 게 훨씬 힘들죠."

자연스럽게 대화 주제를 옮겨가며 어색한 분위기를 풀고 본격적으로 그에게 도움을 청하듯 말했다.

"곧 저희 구단 선수들 전원 스트리밍 방송 서비스를 시작할 생각이거든요. 방송 노하우 좀 알려주세요. 상호씨 얘기도 많이 들었지만 다양한 스트리머 분들 의견도 듣고 싶어요."

"네…? 방송을 하신다고요? 선수분들이 직접이요?"

"그렇게 됐어요. 거창한 컨텐츠와 정기방송은 아니라도 선수들이 충분히 경험을 쌓게 하고 팬들과 소통할 수 있게 하려고요."

"무슨 경험을요?"

서서히 빠져드는군.

나는 만기제대에게 확실히 통할 것이라 생각해 준비한 멘트를 발사했다.

"선수생명이 워낙 짧잖아요. 은퇴 후 다들 잘 사는 것도 아니고…. 스트리밍 방송 경험을 계속 쌓아두면 은퇴 후 스트리머로 나갈 수 있지 않겠어요? 전 프로라는 타이틀도 있으니 조금은 수월할 테고요."

"아아…."

나는 그 순간 강영식의 눈동자가 살짝 흔들리는 모습을 똑똑히 보았다.

이제 중요한 건 우리 구단이 선수위주의 환경을 최대한 반영하려고 노력한다는 인상을 심어주는 것과 넌지시 연습생으로 합류를 권하는 것뿐이었다.

◆

긍정적이고 호의적인 시간 속에서 만기제대와의 짧은 만남을 마치고 코앞에 닥친 ST S전을 준비했다.

만기제대는 열흘 안에 결정을 내리고 연락을 주기로 했다.

내 생각에는 우리에게 가장 중요한 ST S와의 2연전이 끝난 후에 곧장 연락이 올 것 같았다.

짧은 만남이었지만 배려심 깊고 본성이 착한 느낌이었다.

아마 이 중요한 시기에 내 시간을 더 이상 허비하게 하지 않을 것이다.

또 하나, 형제 팀 내전이 끝난 후 다소 서먹했던 팀 엔젤과 팀 데몬의 분위기는 장 코치 합류 이후 눈 녹듯 쉽게 풀렸다.

큰 전략 회의는 함께 진행하며 세부적인 코치를 내가 아닌 장 코치에게 받는 것이 오히려 팀 엔젤 성향에 더 잘 맞았다.

나는 변화하는 메타에 가장 적절한 위력을 발휘할 수 있는 조합을 위해 챔피언 풀을 강요하는 편이고 장 코치는 선수들이 수용 가능한 챔피언 풀 안에서 메타에 가장 어울리는 조합을 찾는 편이었다.

덕분에 우리 구단의 두 개 팀은 확연히 다른 색깔을 지닐 수 있게 되었고 ST S전을 준비하는데 많은 도움이 되었다.

일단 내가 파악한 ST S는 아주 간단한 프레임 안에서 게임을 풀어나가는 팀이었다.

캐리력의 중심은 미드라이너 브레이커.

모든 팀원은 브레이커의 캐리력을 극대화시키기 위해 존재한다.

탑 라인은 탱킹력이 우수한 챔피언으로, 정글러는 갱킹이나 소규모 교전에 강력한 챔피언으로 설정한다.

정글러는 탑 라인보다 미드 라인에 개입하는 빈도가 많고, 상대방 화력이 탑 라인에 집중되면 과감하게 버린 다음 다른 라인에서 이득을 가져간다.

그 과정에서 클라우트 장원영의 버티기 능력은 반짝반짝 빛이 난다.

마지막으로 바텀 듀오는 운명의 주사위와 같은 역할을 하는 느낌이다.

던져서 높은 숫자가 나오면 최강진의 캐리력이 폭발하고 낮은 숫자가 나오면 던지는 빈도가 많아진다.

게임과 게임 사이의 기복이 심한 편.

만두 임정현은 그런 최악의 상황에 최강진을 억제하는 능력 위주로 세팅되어 있다.

그렇다보니 자연스럽게 가장 밸런스가 좋은 정석 조합을 선호한다.

훗날 시즌이 거듭되고 선수 구성이 바뀌면서 브레이커의 이색 미드 픽이나 전략들이 가끔 나오고는 하지만 현 시점에서는 100% 정석이라고 봐도 무방할 것이 분명했다.

우리는 팀 엔젤에게 정석 조합의 운영을 부탁하고 미드 라인 챔피언을 이것저것 바꿔가며 연습에 몰두했다.

같은 밸런스 조합을 선택해서 힘과 운영싸움에 승부를 거는 방식의 연습에서 한 가지 확실하게 깨닫게 된 것이 있었다.

나는 아직도 많이 부족하다.

운 좋게 준비한 전략과 전술이 모두 맞아 떨어지며 승승장구하는 느낌이었겠지만 정석적인 순간의 라인전 싸움에서는 아무리 찍어 누르려 해봐도 반반이 한계였다.

특히나 라인전에 엄청난 장점을 지닌 팀 엔젤 미드라이너 변우민은 브레이커를 대체할 수 있는 최고의 연습 파트너였다.

변우민도 찍어 누르지 못하는데 과연 브레이커를 찍어 누를 수 있을까?

반반 싸움이 과연 우리 팀에게 유리한 조건일까?

저절로 고개가 저어졌다.

하위권, 중하위권 팀들을 상대로 곧잘 찍어 누르며 쉽게 승리를 훔쳐오는 경우는 많았지만 중상위권 팀들만 만나면 나는 여지없이 라인전에서 한계를 보였다.

결국에는 승리에 취해 희미해져가던 나의 약점이 또렷하게 보이기 시작했다.

그럼 반대로 나의 장점은 무엇인가?

그것은 분명하게 말할 수 있었다.

로밍 능력과 전체적인 흐름을 판단하는 능력이었다.

해설자와 관중들은 인포메이션 화면을 관전자 시점에서 확인하기에 전체적인 양 팀의 골드 수급능력 차이와 맵의 장악력 차이를 확인할 수 있다.

하지만 직접 게임을 하는 당사자들은 오롯이 감각으로 그것을 맞춰야 했다.

골드 격차를 전투력 수치로 치환하면 한타를 전개해도

되는지 다른 전술로 싸워야 하는지 비교하기가 쉬워진다.

다행스럽게도 나는 글로벌 골드 격차나 맵이 전해주는 정보를 토대로 적의 위치를 파악하는 능력이 탁월했다.

역시는 역시.

정석 조합으로 서로 무난한 성장 후 운영싸움을 가면 안 된다는 결론이 나온다.

나와, 우리 팀의 장점을 살려 전략을 짜야 한다.

이제 며칠 남지 않은 시점이지만 충분히 준비할 수 있었다.

◆

경기 당일 아침.

우리는 다른 때보다 두 시간은 더 일찍 경기장으로 출발했다.

장 코치의 합류로 더 이상 팀 데몬 경기에 내가 직접 운전할 필요가 없어졌다.

차 감독과 송 매니저는 이동하는 차 안에서 선수들이 편하게 쉴 수 있도록 최선을 다해 도왔다.

선수들은 대부분 초췌한 얼굴이었다.

어젯밤 휴식의 중요성을 역설하며 연습 시간을 일찍 끝냈지만 다들 이기고 싶은 마음에 개인 연습을 더 하고서야 잠이 들었다.

전 세계 로크 팬들의 관심이 쏠려 있다고 해도 과언이 아닌 오늘 경기였다.

소문난 잔치에 먹을 것 없다는 소리를 듣지 않아야 하기에 휴식기 직전 경기보다 훨씬 좋은 모습을 보여줘야 한다는 부담감이 크게 작용했다.

다행스러운 점은 모두 부담감을 유용하게 써먹을 줄 아는 똑똑한 이들이라는 사실이었다.

부담감에 짓눌려 오히려 손실을 보는 게 아니라 '적절하게 이용해 승부욕을 자극하며 자신을 한 단계 더 발전시켰다.

경기장에 도착한 직후에는 빠르게 세팅과 메이크업을 마치고 대기실에서 휴식을 취했다.

유독 비장한 각오의 탑 라이너 도경민은 메이크업도 받지 않고 컨디션을 조절했다.

만기제대와 내가 접촉한 이야기를 듣고 불안감이 생긴 것 같은데 겉으로 티를 내지는 않았다.

딱히 탑 라이너를 갈아 치울 생각은 아니고 로스터 적용이 가능한 다음 시즌부터 조커 카드로 사용할 생각인데 괜히 신경 쓰이게 만든 것 같아 미안하기도 했다.

그래도 도경민은 이번 경기에서 확실하게 본인의 기량을 보여 연습생에게 자리를 내주지 않을 각오를 다지고 있기에 따로 이야기를 꺼내지는 않았다.

경기 시작 30분 전.

우리는 마지막 점검을 하고 결의를 다지는 시간을 가졌다.

"다들 컨디션은 어때요? 괜찮아요?"

기본적인 컨디션 상태를 물었는데 차례로 대답하는 이들의 목소리와 눈빛이 거의 소년 만화를 방불케 했다.

"빨리 싸우고 싶어서 근질근질해."

안정적이고 든든한 탑 라이너 도경민.

"이것 보다 더 좋을 수 없지. 나는 강한 놈이랑 싸워야 더 강해진다고. 큭큭큭."

언제나 자신감이 충만한 정글러 안상규.

"오늘 주인공은 나야. 다들 보좌 잘하라고."

지금까지 모아둔 잠재력이 최근에 폭발한 원딜러 박명건.

"나 없으면 아무것도 못할 사람들…. 쯧쯧."

묵묵하게 도맡은 임무를 성공시키고야 마는 서포터 정남규.

전투력이 최고에 달해있는 모습에 나는 흡족한 미소를 지으며 말했다.

"오늘도 맡겨만 주세요. 이기고 돌아가죠."

어느 때보다도 치열한 오더 싸움이 될 예정이기에 팀원들의 신뢰가 필요했다.

우리 팀은 다행히 ST S 경기를 앞둔 지금 그 어느 때보다도 단단하게 하나로 뭉쳐 있었다.

♦

"오늘 정말로 많은 분들이 와주셨습니다!"

꺄아아아아!

"소리만 들어도 벌써 북적북적 하죠? 평소와 다릅니다. 왜일까요?"

"바로 팀 데몬과 ST S가 붙기 때문이죠."

경기장 분위기는 사상 최고라고 자신감 있게 말할 수 있을 만큼 뜨거운 상태였다.

이미 선수들은 부스에 앉아 경기 시작을 기다리고 있었다.

정해진 몇 개의 안내가 끝나고 나서야 경기가 시작할 예정인데 이 경기를 중계진도 얼마나 보고 싶었는지 안내를 순식간에 끝내버렸다.

현재 리그 순위, MVP 순위, 오늘 경기를 가질 양 팀의 기록을 광속으로 설명하고 끝낸 다음 곧장 경기 시작을 알렸다.

"더 기다릴 수가 없네요! 바로 보시죠!"

밴픽 페이즈가 시작되고 첫 번째 밴 카드를 쥔 ST S의 시계가 째깍째깍 돌아갔다.

김동진 해설이 먼저 입을 열었다.

"저는 이 순서가 가장 기다려졌습니다. 제가 밴픽 페이즈의 심리전을 좋아하는 걸 모두 알고 계시죠? 그런데 만약 내가 ST S라면? 이라는 입장이 되어 생각해 봤을 때 도대체 뭘 잘라내야 할지 가늠이 서지를 않았습니다."

"그렇죠. 기본적으로 베놈 선수가 예상 가능한 범주에 들어가는 선수가 아니에요. 휴식기 직전 펼쳐진 지난 경기까지 랜턴 정글을 활용했는데 무려 열흘을 쉬며 휴식기를 가졌잖아요? 그 사이에 뭘 준비해 왔을지 어떻게 압니까."

시간이 계속 흐르는데도 ST S는 쉽게 밴 카드를 사용하지 못했다.

"어어? 잠깐만요. 그냥 밴 카드 사용하지 않고 넘어가요?"

김동진 해설의 말처럼 ST S는 제한시간을 모두 소모하면서 첫 번째 밴 카드 행사를 포기했다.

"이거 일리가 있어요. 어차피 예상이 안 되니까 최대한 가능성을 많이 열어서 상대방에게도 혼란을 주는 거죠!"

"과연 팀 데몬의 선택은 뭘까요?"

턴은 넘어가서 팀 데몬의 밴 차례.

팀 데몬의 밴 페이즈 제한 시간도 계속해서 흘러갔다.

그런데 어느 정도 지나면 뭐라도 선택할 것 같던 팀 데몬 밴 페이즈에서도 아무런 선택이 없었다.

10, 9, 8, 7, 6, 5, 4….

"아아아…!"

결국에는 모든 시간이 흐르고 팀 데몬도 밴 카드를 행사하지 않았다.

해설진이 해설을 포기한 건가?

연이어 밴 카드 사용을 포기하는 두 팀을 보며 뭐라고 명쾌한 해답을 내놓지 못했다.

세 번째 밴 순서 ST S의 차례.

이번에도 역시 밴 카드 사용을 포기했고 턴을 넘겨받은 팀 데몬 역시 마찬가지였다.

두 차례 더 돌아 총 여섯 장의 밴 카드 사용 시간이 끝났을 때 밴 당한 챔피언 목록에는 그 어떤 챔피언도 오르지 못했다.

"도대체 알 수가 없습니다. 팀 데몬이 전략적으로 밴 카드 활용을 포기했던 경기는 이미 있었죠? 그런데 상대 팀이 함께 포기하며 로크 내의 모든 챔피언이 열렸습니다."

"그 말인즉 OP 챔피언들도 전부 등장 가능성이 있다는 말인데요? 어찌 되었건 나눠 가져가야 할 것 같죠?"

"그러게요? 팀 데몬 정말 자신 있나요? 아무리 분위기가 좋았어도 상대는 ST T1의 괴물 팀 ST S입니다. 아무리 나

뭐 가져도 OP 챔피언을 넘겨주기는 해야 하거든요."

"일단 ST S의 첫 번째 픽이 뭔지 지켜보죠."

흥미진진한 구도 안에서 ST S의 첫 번째 챔피언 픽은 정말 의외의 카드였다.

"어! 루루요? 정말 루루입니까?"

"이게…. 사실 랜턴 정글러의 카운터 픽인 카정의 지배자 루루인데 랜턴 업데이트가 되기도 전에 리그에서 루루를 쓰던 유일한 팀이 ST S죠."

"맞습니다. 랜턴 정글러 골라봐. 그런데 안 골라도 상관없어. 이런 마인드로 루루를 먼저 픽 한 겁니다."

"한 가지 의도를 더 설명하자면 너네 남은 OP 중에 뭐 가져갈래? 남은 OP에 맞춰서 우리는 조합 완성 할 거야. 이런 의도도 숨어 있는 거죠."

팬들이 이해하기 쉽게 설명하는 두 해설자의 말에 다음 턴을 넘겨받은 팀 데몬의 선택에 더욱 관심이 쏠렸다.

첫 번째 픽은 바로 라이진이었다.

"그렇죠. 라이진은 바로 가져가야죠. 딜, 탱, 라인 클리어, CC기 뭐 하나 빠짐이 없는 챔피언이니까요."

"문제는 저 라이진이 탑으로 가느냐 미드로 가느냐죠."

"그럼 다음 카드는 뭘 가져가나요?"

"리오나네요. 일단 서포터로 라이진 포지션을 숨깁니다."

"정글러도 아직 뭐가 나올지 모르죠."

라이진과 리오나를 가져간 팀 데몬은 일단 기본적인 두 개의 픽 만으로도 벌써 균형이 잡힌 모습이었다.

"이러면 ST S는 트레쉬를 먼저 가져갈 필요가 없죠. 어차피 남은 서포터 챔피언 중 1티어는 트레쉬거든요?"

"그런데 반대로 생각하면 트레쉬를 지금 가져가야 다른 라인 챔피언을 보고 맞춰 갈 수가 있어요."

"그렇습니다. 역시 트레쉬를 가져가네요. 오! 바로 카드술사를 픽했습니다?"

루루, 카드술사, 트레쉬.

세 개의 챔피언만으로도 로크 팬들은 어느 팀의 픽인지 맞출 수 있었다. ST S 냄새가 물씬 나는 조합이었다.

"자, 그럼 여기에서 팀 데몬 무난하게 가나요? 르넥톤과 트이치를 가져갑니다."

"분명 무난해 보이는 조합인데 이 픽을 고른 팀이 절대 무난하지 않죠? 팀 데몬입니다. 저 트이치의 행방을 확정할 수가 없어요."

"네, 마지막까지 봐야 겨우 알 수 있겠죠. 트이치가 탑으로 올라간 전례도 있었고요. 랜턴 정글러로 활용도 가능합니다."

"그렇게 혼란을 준 다음 무난하게 원딜로 가버릴 수도 있어요. 팀 데몬 진짜 무서운 팀이네요."

마지막 차례 양 팀이 서로 챔피언을 가져가며 조합을 완성시켰다.

팀 데몬
탑 – 르넥톤
정글 – 찰스
미드 – 라이진
원딜 – 트이치
서포터 – 리오나

완성된 조합을 보며 김동진 해설이 혀를 내둘렀다.

"잘 보시면요. 트이치가 주인공이 될 수 있는 판을 깔아주는 챔피언의 조합이에요. 탑부터 서포터까지 어느 한 챔피언도 CC기가 없는 챔피언이 없습니다."

"ST S 선수들은 한 번 물리면 그냥 죽는다고 봐야 해요. 저 챔피언들 CC연계 맞고 트이치 궁극기 상태로 난사하면 버틸 재간이 없다는 말이죠."

"찰스가 랜턴을 갈지 무난한 정글 아이템과 방템 빌드로 갈지도 알 수가 없습니다."

시즌 중반까지 일관적으로 보여준 모습들 때문에 점점 팀 데몬의 색깔이 뚜렷하고 명확해졌다.

이를 상대하는 ST S의 조합은 역시나 무난했다.

ST S

탑 - 히바나

정글 - 루루

미드 - 카드술사

원딜 - 애시

서포터 - 트레쉬

역시 ST S라고 말할 수 있을 만한 조합.

"탑 라인에 오랜만에 과거의 영광을 함께하던 두 대장이 재회했죠? 탱킹라인은 히바나, 루루, 트레쉬까지 단단하고요."

"그렇습니다. 변수 창출을 위해 미드라인에 카드술사를 가져간 것도 좋아 보이고요. 부족한 CC 능력 보완을 위한 애시 픽도 꽤 괜찮아 보입니다. 다만, 애시가 물리면 끝입니다. 조합적인 측면에서 팀 데몬 CC조합이 너무 매서워요."

"사실, 모든 챔피언이 열렸기 때문에 라이진을 팀 데몬에서 가져갔을 때 브레이커 선수가 자신감 있게 환술사를 가져갈 줄 알았는데요. 어떻게 될지는 지켜봐야겠죠."

꽤 재미있는 조합이 완성되고 두 팀의 경기가 시작되었다.

우리 전략은 역시나 랜턴 정글러를 베이스로 두고 만들어져 있었다.

전부 열린 상태에서 찰스를 가져간 것은 랜턴 정글러의 성장을 기다리는 것에 대한 리스크가 너무 컸기 때문이기도 하고 초반 단계에서 랜턴 정글로 활용할 수 있는 챔피언들 중 가장 교전 능력이 좋기 때문이었다.

루루의 등장은 어느 정도 예상하고 있었다.

ST S는 랜턴 정글의 존재가 없을 시점부터 루루 정글을 사용하던 팀이었다.

보통 팀을 위한 플레이에 중점을 둔 장병기의 성향과 팀 케미 덕분에 가능한 일이었다.

오늘의 키 플레이어는 단연 원딜러 박명건의 트이치였다.

랜턴 정글러에게 몰아 주던 것들을 원딜에게 투자해 랜턴 정글러는 후반으로 접어들 시점의 보험으로 사용하는 방식.

거기에 더해 우리는 극단적인 CC기 연계 조합을 완성했다.

소규모 교전에서 절대 밀리지 않을 생각이었다.

그런데 솔직히 브레이커의 카드술사 픽은 예상치 못했다.

환술사로 적극적인 모습을 보여줄 거라 생각하고 풀어준
건데 역시나 신중한 선택을 했다.

"게임 분위기 좋아! 이대로 계속 성장하자고!"

아무런 이슈 없이 평화로운 라인전이 지속되었다.

원하던 부분이다.

우리가 초반에 승부를 보기 위한 전략을 짠다고 해도 상
대는 무조건 버티며 안정적인 상태를 유지하고 후반 운영
을 통해 승리를 노릴 것이 뻔했다.

그 점을 역으로 노렸다.

후반으로 갈수록 우리 팀에서 불리해지는 건 탑 라이너
르넥톤 뿐이다.

초반에는 르넥톤이 히바나를 압도할 수 있지만 시간이
지날수록 점점 밀린다.

그래도 한타 페이즈에서는 잘하는 쪽이 이기는 구도라서
경기가 후반으로 진행될수록 라이진, 랜턴 찰스, 트이치를
보유한 우리 팀이 우세했다.

게임 시간이 12분에 접어들고 모든 라인 챔피언들의 아
이템과 궁극기가 어느 정도 갖춰진 타이밍.

나는 평화로운 분위기에 파문을 일으키기 위해 작은 조
약돌을 주워 들었다.

"궁으로 라인 밀고 첫 코어 나오니까 바텀으로 갈게
요."

"오케이. 살살 당길게."

카드술사는 라인전이 강력한 픽이 아니었다.

반대로 라이진은 아이템이 갖춰질수록 라인전이 강해진다.

그런데 라인전은 나의 장기가 아니었다.

브레이커의 성장을 억제하는 것에 한계를 느꼈기에 나의 장점을 내세워야 했다.

라인을 밀어두고 로밍을 가면 카드술사도 클리어가 좋은 편이라 한 웨이브 정도 내가 손해를 보겠지만 바텀에서 킬 스코어로 메꿀 생각이었다.

억겁의 지팡이 아이템을 구매한 다음 나는 바로 바텀으로 달렸다.

상규도 센스있게 동선을 바텀 정글로 돌려 유사시 빠른 대처를 위한 움직임을 보였다.

바텀에 다다랐을 때 라인 상황은 뒤를 덮치기 딱 좋게 형성되어 있었다.

"들어갑니다! 카드술사 바로 날아올 수 있으니까 주의하고요. 탑 라인에서는 상황 보고 텔 판단 해주세요."

"오케이."

팀원들의 대답이 들림과 동시에 나는 궁극기를 켜고 이동속도 버프를 받은 채 적 바텀 듀오의 뒤를 잡았다.

"애시! 애시부터!"

과감하게 앞 점멸 이후 CC기부터 넣고 나니 곧바로 남규가 리오나의 궁극기를 터뜨려 연계했다.

그 위로 던져지는 두 번의 CC기!

리오나 픽의 의미가 바로 이것이었다.

"카드술사 내려온다! 수풀에 와드 박아!"

"히바나 텔 끊었어! 나 체력관리가 안 돼서 못 내려가!"

급박한 순간에 여기저기에서 정보가 전달되었다.

그러는 와중에도 우리는 기절한 애시를 일점사해 깔끔하게 잡아냈다.

[선취점!]

기가 막힌 타이밍의 로밍으로 아군의 선취점 소식이 울려 퍼졌다.

첫 번째 킬은 의도대로 트이치가 가져갔다.

하지만 상황은 끝나지 않았다.

"카드술사 소환되면 곧장 일점사 해!"

나의 외침에 아군이 우르르 수풀로 향했다.

합류를 위해 궁극기를 활성화 시켰던 브레이커의 카드술사는 타이밍을 놓치고 궁극기를 그냥 소비해버렸다.

"나이스!"

일방적인 득점으로 선취점을 가져온 우리는 분위기를

그대로 이어 라인을 쭉 밀어 넣은 다음 용 서식지로 향했다.

첫 킬 스코어와 첫 용은 우리의 차지가 되었다.

"이거 이대로 이득 굴리면 무난하게 이길 것 같은데?"

"방심하면 안 돼. 그래도 상대는 S야."

"자, 우리 지금 고작 1킬 먹은 거니까 조금 더 집중!"

"카드술사 탑으로 뜬다. 타워 허깅 하고 찰스 빨리 뛰어!"

나는 계속해서 팀 분위기가 흐트러지지 않도록 주의를 주며 게임을 살폈다.

다행히 팀원들의 집중력은 여전히 높은 수준을 유지하고 있었다.

바텀에서 이득을 본 우리에게 점수를 빼앗아 다시 만회하기 위한 움직임이 탑에서 포착되었다.

상규는 곧바로 탑으로 달렸고 나는 미드라인을 다시 한번 클리어 한 다음 아군 정글을 경유해 탑에 합류했다.

탑에 거의 도착했을 즈음 르넥톤의 좌우로 세 명의 적이 보였다.

히바나, 카드술사, 루루.

다이브 플레이를 성공시켜 단 1점이라도 만회하려는 움직임이었지만 르넥톤이 조금만 버텨주면 곧바로 찰스와 나의 역습이 시작될 분위기였다.

"들어온다!"

"상규야, 준비해. 간다!"

분명 상규와 내가 뒤에 있다는 사실을 어림잡아서라도 짐작할 수 있을 텐데 ST S는 다이브 플레이를 강행했다.

"못 버텨! 아직 템이 없어!"

르넥톤은 강신까지 사용한 상태로 포탑을 꼭 끌어 안은 채 최대한 버티려 했지만 포탑 어그로를 먹은 히바나의 탱 킹과 루루의 차징 궁극기, 카드술사의 CC연계와 버스트 데 미지는 의외로 강력했다.

[적에게 당했습니다!]

르넥톤은 몇 번의 공격을 버티지 못한 채 루루 궁극기 캐 스팅 데미지를 풀로 맞은 뒤 녹아버렸다.

점멸을 사용해 마지막 한 방을 버틴 히바나도 어그로를 뺀 다음 살아 돌아가는 분위기였다.

뒷덜미를 잡았는데 그냥 보내줄 수는 없었다.

"상규야 가자!"

"가자!"

어차피 적은 주요 스킬과 궁극기가 다 빠졌고 심지어 히 바나는 스펠도 빠진 상태.

나는 상규와 보조를 맞춰 뒤를 바짝 쫓아 들어갔다.

그런데….

핑! 핑! 핑! 핑! 핑!

"빠져! 빠져!"

누가 봐도 우리가 유리한 상황에 갑자기 왜 빠지라는 건
지 핑이 찍히는 맵을 바라보다가 뭔가가 날아오는 것을 발
견했다.

그런데 발견한 순간은 이미 늦었다.

나는 바텀에서 앞 점멸로 스펠을 뺀 다음이었고 라이진
은 이동기도 없었다.

콰앙!

바텀에서부터 날아온 애시의 궁극기가 탑까지 날아와 내
게 적중했다.

바로 그 순간 괴물같은 반응속도로 브레이커는 골드 카
드를 뽑아 내게 돌진했다.

13장. 라이벌

프로게이머
PROGAMER

프로게이머
PROGAMER

13장. 라이벌

따앙!

맑고 청명한 골드 카드 적중 효과음이 들렸다.

나는 바텀에서 날아온 애시의 궁극기를 맞아 기절한 상태로 움직이지도 못한 채 곧장 카드술사의 골드 카드 연계를 당했다.

애시의 궁극기는 날아간 거리에 비례해 적중한 적을 기절시키는 시간이 길어지는 특성을 지니고 있었다.

무려 바텀에서 날아온 궁극기였기에 빼도 박도 못하는 최대거리에서 피격을 당한 것이었고 최대 스턴 시간은 무려 3.5초나 되었다.

거기에 골드 카드까지 덮였으니 적어도 5초는 멀뚱하게

서 있어야만 했다.

· 단 1초로 많은 것이 좌우되는 프로 레벨의 세계에서 5초의 스턴은 죽음과 마찬가지였다.

다소 딜이 부족한 카드술사와 루루 조합이지만 허수아비를 5초 동안 때리면 못 죽이는 게 이상한 일이었다.

비록 옆에 상규가 있었다고 하나 아직 템이 나오기 전 단계라 어떻게 할 도리가 없었다.

[적에게 당했습니다!]

나의 라이진이 허무하게 쓰러지자 상규가 위로를 전했다.

"미안해. 들어가면 나부터 포커싱 당해서 죽을 각이었다."

"알아. 괜찮아. 애시 궁 예상 못한 내 잘못이지. 일단 다들 라인 정비 하고 스펠 체크부터 하죠."

선수들은 자신이 확인한 적 스펠에 대한 정보를 채팅창에 주르륵 올렸다.

서포터 정남규가 일괄적으로 보기 쉽게 정리해 알리면서 상규의 동선을 제안했다.

"바텀 스펠이 제일 먼저 도니까 바텀에서 한 방 노리자. 적 히바나는 지금 순간이동으로 라인 복귀 하는데 르넥톤

텔 아끼고 바텀 교전유도해서 킬이랑 용까지 챙겨가는 걸로."

"오케이."

우리는 간단하게 다음 행동을 정리하고 다시 라인 관리를 시작했다.

바텀에서 선취점을 냈지만 용까지 가져오지는 못한 상태에서 탑으로 뛰는 브레이커와 장병기를 커버하려다가 도리어 르넥톤과 내 목숨을 내주었다.

이득을 곧바로 잃어버린 상황에 주도권을 쥐기 위해서는 먼저 움직여야만 했다.

♦

해설진은 생각보다 긴박하게 흘러가는 게임 내용에 흥분감을 감추지 못했다.

"의외로 ST S가 아니라 팀 데몬이 계속해서 주도적인 움직임을 가져갑니다?"

"그렇습니다. 바텀 라인 움직임이 심상치가 않죠? 일단 라이진은 미드, 탑 커버를 생각하는 것처럼 무빙이 위로 향하고 있어요."

"여차하면 텔레포트를 혼자 들고 있는 르넥톤이 바텀에 합류하겠다는 의도죠."

양 팀의 서포터들은 바텀 라인 협곡을 따라 계속해서 시야를 장악하고 지우는 작업을 반복했다.

이 과정에서 우위를 점해야만 아군 운신의 폭이 넓어진다.

정남규는 다소 아군 원딜을 방치하는 한이 있더라도 어떻게든 시야를 먹으려고 노력했고, 팀원과의 상호 협의 아래 시야 쟁탈전에서 승리하는데 성공했다.

협곡의 시야가 차단된 상태라 ST S 바텀 듀오의 선택은 많지 않았다.

서둘러 라인을 밀고 본진으로 귀환을 하든 아니면 라인을 당겨 포탑을 안고 받아먹든 둘 중 하나였다.

나름 둘 다 리스크가 있는데 라인을 밀면 갱킹에 취약한 포지셔닝이 자동으로 완성된다.

반대로 라인을 당기면 다이브 포지션이 만들어진다.

시야를 보며 적당히 밀고 빠지는 플레이가 불가능해지는 것이다.

그 상황에서 선택은 조금이나마 안정적인 포탑을 선택한 듯 라인을 당기기 시작했다.

즉시 정글링 중이던 찰스가 바텀 동선을 따라 움직였다.

적 포탑 후방으로 돌아 나가며 와드를 박으니 곧장 르넥톤이 텔레포트 스펠을 사용했다.

궁극기 강신이 다시 돌아오는 기가 막힌 타이밍.

다이브 플레이가 시작될 조짐이 보이자 곧장 ST S의 선수들도 바텀으로 움직였다.

루루가 달렸고 카드술사가 궁극기로 합류했다.

"아아! 팀 데몬 자신 있나요? 이거 진짜 자신 있나요?"

"동수에 포탑을 끼고 있는데 다이브는 무리죠! 르넥톤 제대로 물렸어요!"

"아니, 카드술사 W 스킬 쓰자마자 골드 카드가 떴는데 그걸 뽑습니까? 무슨 교전 상황에 저런 집중력이 나옵니까!"

"르넥톤 다운!"

"찰스도 포지션 꼬였죠! 물립니다!"

"카드술사 더블 킬!"

"게임 터졌어요. 완전히 터졌습니다."

ST S는 발빠른 대처로 노리고 있었다는 듯 다이브를 들어오는 팀 데몬 선수들을 잡아 먹었다.

그리고는 곧장 용까지 챙겼다.

"이게 팀 데몬 선수들 플레이는 분명 근거가 있었거든요? 탑 텔레포트 우리만 있다. 시야도 우리가 먹었다. 그럼 당연히 다이브 들어가는 게 맞아요."

"그러나 브레이커의 존재를 간과했죠. 라이진이 먼저 움직이지 않는 이상 합류전에서 카드술사를 이길 수는 없거든요."

"맞습니다. 브레이커 선수가 환술사를 픽하지 않고 카드 술사를 고른 이유를 보여준 겁니다."

"히바나는 완전 프리 파밍이죠."

"상황 벌어짐과 동시에 라이진도 바텀으로 내려오다가 르넥톤이 물리니까 다시 미드로 올라갔어요. 그런데 결국 포탑도 못 밀고 탑도 못 막았습니다."

"이건 정말 ST S가 잘했다고 밖에는 설명할 방법이 없네요."

연이은 손해를 본 팀 데몬은 이후 계속해서 ST S의 운영에 질질 끌려 다니기 시작했다.

잘 성장해야 하는 랜턴 정글 찰스, 미드 라이진, 원딜 트이치가 전부 성장에 제동이 걸려 화력이 뿜어져 나오는 타이밍이 한없이 늦춰졌다.

"이거 게임이 점점 기울고 있는데요? ST S가 크래셔 타이밍 잡는데 지금 팀 데몬이 무슨 수로 막을까요?"

"스틸밖에 없죠. 스틸 해보고 안 되면 끝나는 겁니다."

"ST S 크래셔 사냥 시작합니다."

온 맵을 장악한 ST S는 과감하게 크래셔 사냥을 시작했다.

크래셔 버프를 들고 진격하면 팀 데몬은 절대 막아낼 수 없을 것처럼 보였다.

이형우 해설의 말처럼 남은 마지막 희망은 정글러 미스터 큐의 스틸뿐인 것 같았다.

"들어갑니다! 미스터 큐!"

크래셔의 체력이 간당간당한 순간 미스터 큐가 타이밍을 지켜보다가 과감하게 벽을 넘어 들어갔다.

약속된 플레이인 듯 동시에 팀 데몬 선수들이 전부 사냥 중인 ST S를 덮쳤다.

그러나 힘의 격차가 너무 컸다.

미스터 큐의 스틸에 조금 더 힘을 실어주기 위한 시선분산용 시비였을 뿐인데 ST S가 곧장 받아치는 바람에 강제 한타가 벌어지고 팀 데몬이 대패하고 말았다.

심지어 미스터 큐는 스틸마저 실패해버린 상황.

버프를 몸에 둘둘 두른 ST S는 그대로 미드라인을 따라 진격해서 게임을 끝내버렸다.

"아아! GG! ST S가 팀 데몬을 상대로 첫 세트를 손쉽게 가져옵니다!"

"분명 팀 데몬이 못한 경기가 아닌데 계속해서 정곡을 찔리면서 무너졌어요. 2세트가 정말 기대됩니다."

조합 시너지를 중심으로 밴픽 심리전도 성공시키고 플레이도 날카로웠던 팀 데몬의 아주 무난한 패배.

게임을 지켜보던 팬들에게도 이 모습은 굉장히 충격적이었다.

♦

대기실에 돌아와 고민에 잠긴 나는 굉장히 심각한 얼굴로 앉아 있었다.

뭐가 문제였지?

가만히 생각해보면 몇몇 슈퍼 플레이에 꼬인 것 같지만 진짜 핵심은 그게 아니었다.

항상 상황이 벌어지는 곳마다 브레이커가 있었다.

그것이 핵심이다.

"상규야."

"응."

"우리 첫 경기 교전 계속 어디서 벌였지?"

"바텀이지. 최강진이 계속 던져주니까 받아먹자고. 사실 쟤네 약점은 바텀이잖아."

아주 객관적으로 털어버리듯 말하는 상규의 말에 나는 뒷통수를 얻어맞은 듯한 기분이었다.

"바텀이 약점이라는 걸 S도 알고 있는 거야…."

"그렇겠지…?"

"약점은 바텀이 맞는데 우리는 저들의 약점을 노리면 안 되는 거였어."

"그럼 어떻게 이겨?"

"브레이커를 파야 해."

이제야 뭔가 답답하던 속이 뚫리는 기분이었다.

세상 모두가 인정할 것이다.

현재 ST S는 약점이 거의 없는 팀이지만 유일한 약점이랄 수 있는 것은 바로 바텀이라고.

그래서 당연히 약점을 후벼 파려고 바텀을 공략하기 시작한다.

그걸 보완하기 위해 브레이커가 모든 챔피언을 열어두고 카드술사를 고른 것이었다.

브레이커라고 하면 사실 무슨 챔피언인들 못 다루겠나 싶을 만큼 괴물이지만 일반적으로 상대를 찍어 누를 수 있는 라인전 강챔을 주력으로 사용한다.

그게 아니라면 룰루랄라나 칠리언, 오리안나 같은 챔피언들을 선호해 서포팅과 캐리를 전부 도맡는 성향이 있다.

내 기억 속에 묻힌 과거를 떠올려 보자면 이번 시즌 우승을 놓치며 세계 최고 타이틀이 위태위태할 때 쓰리스타의 데이데이에게 카드술사로 끊임없이 괴롭힘을 당했었다.

메타에 어울리는 챔피언을 잘 다루지 못한 시점이라는 말이다.

그런데 카드술사를 꺼내 이렇게 정곡을 찔러 들어온다고?

분명 이것은 나라는 인간에 대한 ST S 나름의 연구 성과와 해답일 것이 분명했다.

"다들 2세트 회의 좀 하죠!"

내 말에 팀원들이 다 모여들었다.

"바텀 파는 건 이제 포기해야 해요. 무조건 브레이커를 말리게 해야 그나마 될 것 같아요."

"그럼 최강진은 어떡하고?"

"사실 툭 까놓고 얘기하면⋯. 최강진은 잘 크면 잘 클수록 더 크게 던져주는 선수라서 신경 안 쓰는 게 맞는 선택이었을지 몰라요."

"브레이커는 무슨 수로 파게?"

원초적인 정남규의 질문에 결단을 내려야 했다.

"랜턴 정글 포기하자. 상규야."

"역시 갱킹이 답인가?"

"괜찮겠어?"

"에이씨⋯. 누구한테 물어보는 거야? 나야? 내가 못하는 게 어디 있어!"

자신감에 가득찬 상규의 대답에 팀원들의 얼굴이 밝아졌다.

◆

2세트 밴픽이 시작되고 모두 팀 데몬의 선택에 집중했다.

"팀 데몬이 뭔가 준비한 게 있다면 무조건 지금 꺼내들어야 하거든요?"

"일단 밴을 포기할지 열어줄지 모르겠어요."

해설진의 말이 끝나기 무섭게 팀 데몬에서 환술사를 잘라버렸다.

"으흠…. 노골적으로 브레이커 선수를 저격할 수도 있겠는데요? 팀 데몬 입장에서 1경기 패인에 브레이커 선수가 가장 크게 작용했다고 생각한 것 같아요."

"일리가 있죠? 브레이커 선수가 환술사가 열려 있는데 카드술사를 픽한 이유를 제대로 보여줬으니까요."

팀 데몬은 환술사를 시작으로 라이진, 빅토리안까지 브레이커 저격용으로 밴 카드를 써버렸다.

ST S는 게일과 찰스를 잘라 미스터 큐의 팔과 다리를 제한하는 듯한 모습을 보여주고 마지막으로 카드술사를 잘라 역으로 베놈이 가져가는 것을 방지했다.

당연히 팀 데몬에서 랜턴 정글을 사용할 거라고 생각하는 듯한 움직임이었다.

서로 픽 순서를 주고받으며 조금씩 조합이 완성되어갔다.

팀 데몬에서는 르넥톤, 오리안나를 ST S에서는 룰루랄라와 루시앙을 가져가면서 아주 무난한 정석 조합의 모습을 갖춰가기 시작했다.

"룰루랄라를 빼앗긴 건 팀 데몬에게 조금 뼈아프죠? 랜턴 정글러를 사용할 거라면 풀려있는 이상 가져오는 게 좋거든요?"

"저 룰루랄라가 어디로 갈지 몰라요. 탑으로 쓸 수도 있고 서포터로 쓸 수도 있는데 브레이커 선수가 그 어떤 선수보다 룰루랄라를 좋아합니다."

서서히 조합이 완성되며 서로 마지막 픽 순서를 남겨놓고 있을 때.

팀 데몬의 선택에 모두가 의외라는 눈빛을 보낼 수밖에 없었다.

미스터 큐가 사용할 정글 챔피언 선택은 바로 팡테온이었다.

김동진 해설이 재빨리 팀 데몬의 의도를 파악하고 팬들이 알기 쉽게 설명했다.

"1세트와 팀 데몬의 컨셉은 기본적으로 같습니다. CC연계 조합이에요."

"그렇죠. 탑에서 다시 르넥톤을 가져갔고 애시 원딜과 리오나 서포터로 강력한 CC 조합을 구성했어요. 오리안나가 딜링, 유틸, CC 연계에 라인 클리어까지 담당하게 됩니다."

"누구라도 일단 걸리는 순간 한 명은 삭제 당하고 시작한다고 봐야 하거든요? 팡테온도 그런 의미에서 랜턴을

버리고 과감하게 CC 연계와 글로벌 궁극기 운영을 가져
가겠다는 의미로 보입니다."

"어떤 의미에서 보면 참 팀 데몬 답지만 팀 데몬 답지 않
은 그런 조합이네요."

르넥톤, 팡테온, 오리안나, 애시, 리오나.

당장 조합만 놓고 보면 평범한 정석 조합 같지만 그 면면
을 살펴보면 확실한 컨셉이 잡혀 있었다.

극단적인 CC 연계와 딜탱 밸런스, 운영 가능한 글로벌
궁극기까지.

평범한 조합 안에서 이 모든 걸 갖추기가 쉽지 않았을 텐
데 밴픽 단계에서 랜턴 정글러를 잘라 내도록 유도하며 모
두 가져갈 수 있었다.

"반면에 ST S의 조합은 정말 안정감이 눈에 띕니다."

닥터문도, 루루, 룰루랄라, 루시앙, 미나.

추격전에 다소 약점이 있지만 받아치는 것에는 이만한
조합도 없었다.

모든 라인이 버텨주기 충분한 챔피언들로 구성되어 있었
고 특히나 브레이커의 룰루랄라는 시그니처의 성격이 있어
무시할 수 없었다.

기본적으로 룰루랄라도 오리안나와 같은 롤을 수행할 것
인데 핵심이라고 볼 수 있는 것은 단연 루시앙이었다.

"일단 현재 원딜 0티어 루시앙을 최강진 선수가 가져

갔습니다. 이번에도 격전지는 바텀이 되지 않을까 싶네요."

"밸런스 잡힌 양 팀의 조합이 어떤 운영을 보여줄지 기대가 되는군요. 경기 보시죠!"

팀 데몬에게 이번 세트의 중요성이 얼마나 큰지는 팬들도 모두 알고 있었다.

2연전의 첫째 날 2:0 완패는 선수들도 팬들도 바라는 바가 아니었다.

그 때문인지 어느 때보다 팀 데몬을 향한 팬들의 응원은 뜨거웠다.

◆

라인전이 시작되고 나는 조금 무리해서라도 브레이커와 딜 교환을 나눴다.

1레벨 스킬을 보호막으로 찍은 다음 쉴드를 받으면서 강력한 평타 교환을 나눴다.

브레이커가 정말 대단하다고 느낀 것은 일반적으로 Q스킬을 찍는 룰루랄라 챔피언이지만 스킬을 찍지 않고 있다가 내가 쉴드를 받으면서 딜 교환을 시작하자 본인도 쉴드 스킬을 찍고 맞대응 했다.

오리안나나 룰루랄라나 패시브에 기본 공격시 추가 데미

지를 주는 항목이 있어서 한쪽의 일방적인 우세는 없었다.

그래도 같은 비율로 체력을 빼두는 것에 의의가 있었다.

"지금 달린다!"

상규의 목소리였다.

우리는 팽테온을 픽한 강점을 살리기 위해 버프 몬스터 사냥 후 곧장 2레벨 갱킹을 설계했다.

킬을 내면 좋고 못 해도 스펠은 뺄 수 있는 플레이였다.

나는 상규가 오는 것을 확인하며 더욱 공격적인 포지션을 잡아 딜 교환을 이어나갔다.

필연적으로 전투병에게 두드려 맞은 내 체력이 더 많이 빠지기 시작했다.

서로 점화 스펠을 들고 있어 이 정도면 위험 수위였다.

킬 견적이 나왔는지 브레이커는 공격적으로 치고 나왔다.

"빠질게 뒤로 붙어!"

나는 상규에게 콜을 보내며 라인 아래 부쉬로 도망치기 시작했다.

조금만…. 조금만 더…!

내 바람이 닿았는지 브레이커는 부쉬 시야를 밝히기 위해 와드를 박으며 따라 내려왔다.

미드라인 중간까지 나온 브레이커를 보며 나는 킬 각을

확신했다.

"덮쳐!"

"간다!"

내 신호와 동시에 뒤에서 달려오던 상규의 팡테온이 앞 점멸 이후 스턴까지 연계하며 룰루랄라에게 창을 찔러 들어갔다.

나도 곧장 호응을 위해 점화를 사용한 다음 기본 공격을 퍼부었다.

확신할 수 있었다.

일반적인 상황이 아니기에 적 정글러 장병기의 커버는 바로 오지 못한다.

팡!

순간 스턴에서 풀려난 브레이커가 벽 뒤로 점멸을 사용해 아슬아슬하게 빠져나가는가 싶었지만….

팡!

나도 점멸이 남아 있다고!

맞 점멸을 사용해 마지막 기본 공격을 날렸다.

[선취점!]

"나이스 플레이!"

"루루 달려온다! 빠지자."

우리는 2레벨 갱킹으로 브레이커에게 선취점을 빼앗은 다음 다소 라인 손해를 감수하고 본진으로 귀환했다.

♦

팬들은 경기가 중반에 다다르면서 보여주는 팀 데몬의 움직임에 경악했다.

"이번에는 리오나가 올라가요! 아…. 진짜 브레이커 선수 끔찍하죠?"

"리오나 점멸 스턴!"

"그 위에 리오나의 궁극기와 오리안나 충격파가 덮입니다!"

"브레이커 선수 또 죽네요. 벌써 3데스죠."

팀 데몬은 집요하게 브레이커를 물고 늘어졌다.

팡테온의 스펠이 없을 때는 팡테온이 탑을 커버하며 르넥톤이 어느 순간 내려와 점멸 스턴 연계로 잡아냈고 이번에는 리오나가 올라와 점멸 스턴 연계로 킬을 만들었다.

"결과론이지만 루루 픽은 이 순간 너무 안 좋은 픽이라고 밖에는 말씀드릴 수가 없겠네요."

"그렇습니다. 소규모 교전이 문제가 아니고 커버 플레이 자체가 안 되고 있어요. 좋은 타이밍에 룰루랄라의 뒤를 봐주기는 하는데 딱히 사용할 스킬이 없는 게 문제입니다."

"룰루랄라에게 이동속도 버프를 걸어주기는 하는데 스턴 연계에 맥을 못 추고 죽어버리니까 의미가 없죠."

"그렇다고 룰루랄라가 포커싱 당하는 중에 루루가 누군가 한 명을 잡아낼 수 있는 것도 아니고요…. 이거 정말 암울한데요?"

팀 데몬은 적절한 로테이션을 돌리며 유기적인 움직임을 보여줬다.

철저한 계산 아래 룰루랄라의 점멸이 돌아오기 전까지 3킬을 만들어냈다.

이번 턴은 다시 룰루랄라의 점멸을 빼는데 사용해야 했다.

"아니, 지금 룰루랄라와 오리아나 성장 격차를 보세요! 아이템이 벌써 한 코어 차이가 납니다. 레벨도 2레벨 차이가 나고요. 브레이커 선수 숨도 못 쉬겠는데요?"

"그러니까 ST S가 선택했죠. 일단 룰루랄라를 키우자. 닥터문도가 미드라인으로 내려오고 룰루랄라가 탑으로 올라갑니다. 좋은 생각인 것 같아요."

"저렇게 하지 않으면 안 되거든요. 룰루랄라가 못 크면 지금 구성 상 라인 클리어를 담당할 챔피언이 없어요."

결과적으로 ST S에게 피할 수 없었던 자구책이 된 라인 스왑은 최악의 결과를 만들어냈다.

룰루랄라가 바텀 라인과 멀어지면서 발 빠른 커버 플레이가 불가능해지자 팀 데몬은 타겟을 미드에서 바텀으로 바꿨다.

어차피 닥터문도는 단단해서 짧은 미드라인에서는 킬을 만들어 내기가 수월하지 않았다.

자연스럽게 바텀으로 시선을 돌렸는데 스펠 상황이 불리한 팀 데몬의 바텀 선수들이 강하게 푸쉬하지 못하니 주도권을 쥔 루시앙과 미나가 라인을 밀고 들어간 상태였다.

"팡테온 궁극기!"

"최소 스펠은 다 빠지는 각이에요!"

오리안나가 바텀으로 달리는 동시에 팡테온이 ST S 바텀 듀오 뒤편으로 궁극기를 사용했다.

순간이동에 버금가는 초 장거리 이동기 대강하.

팡테온이 도착하는 타이밍에 맞춰 리오나가 달려들며 궁극기를 펼쳤다.

목표는 루시앙!

스턴에 한번 걸리면 죽기 전에 풀려날 수 없다는 걸 알기에 루시앙이 점멸로 스턴을 피했다.

그러나 바로 뒤에 이어져 날아오는 애시의 궁극기!

크고 아름다운 수정화살이 점멸 없는 루시앙에게 쇄도했다.

팡!

바로 곁에서 상황을 지켜보던 만두 임정현의 미나가 점멸을 사용해 스턴을 대신 맞았다.

원딜이 죽는 것보다 서포터가 죽는 것이 훨씬 낫다는 판단이었다.

동시에 땅에 떨어진 팡테온이 기절한 미나의 머리통을 찍어 눌렀다.

다시 그 위에 덮이는 리오나의 스턴 2종 세트!

일단 누군가 한 명이 물리면 재간이 없었다.

아직 CC기를 풀어낼 아이템도 갖추지 못한 상태라 죽는 것이 자연스러운 흐름이었다.

[적을 처치했습니다!]

팡테온의 합류로 미나를 끊어내고 라인을 확 밀어버린 팀 데몬은 자연스럽게 첫 번째 용을 사냥했다.

수동적인 챔피언 닥터문도는 그저 불리한 라인으로 불려가 포탑은 안고 버티는 것 외에 할 수 있는 게 없었다.

자연스럽게 인원의 공백이 생기는 라인을 파고 들어가는 팀 데몬의 물 흐르는 듯한 운영이 이어지고 맵에서 점점 ST S의 포탑이 하나씩 지워져갔다.

"브레이커 선수의 3데스가 정말 너무너무 아쉬운 게임이 되어가고 있습니다."

"1세트 경기도 마찬가지였지만 어떻게든 첫 번째 용을 사냥하며 골드 격차를 벌린 팀이 숨쉴 틈 없이 몰아붙이는 운영으로 주도권을 놓아주지 않는 모습이 보이네요."

"이게 정말 1류 선수들의 플레이인 거죠. 비벼질 여지가 아예 보이지 않아요."

"브레이커의 룰루랄라가 조금만 더 잘 성장했어도 라인 클리어를 하며 어떻게든 버텨냈을 텐데요."

아쉬움의 목소리가 커지면 커질수록 팀 데몬의 상황은 점점 더 좋아졌다.

◆

상규의 플레이는 거의 완벽에 가까웠다.

인원 배치가 꼬여 손해를 보겠다 싶은 곳에는 언제나 콜이 없어도 적절한 타이밍에 궁극기로 합류했다.

랜턴 정글러만 고집할 필요가 전혀 없는 캐리력이었다.

나는 상규의 도움으로 엄청난 성장을 거둬 3코어 아이템을 빨리 갖춘 상태였다.

딜이 얼마나 센지 닥터문도조차 스킬 쿨타임 두 번을 돌리면 빈사상태로 몰아 넣을 수 있었다.

내가 잘 성장한 건 아주 큰 호재였다.

닥터문도가 필연적으로 마법 저항력 아이템을 갖추도록 강요하는 사이 르넥톤, 팡테온, 애시 같은 물리 데미지 기반 챔피언들의 딜이 더 들어갈 수 있도록 하는 효과가 있었다.

1세트의 수모를 되돌려줄 차례.

우리는 크래셔 둥지를 중심으로 시야를 장악하며 르넥톤을 바탕으로 돌려 운영을 시작했다.

"팡테온은 그냥 탑 밀어도 될 것 같아. 어차피 궁극기 합류하면 되잖아."

1세트의 브레이커가 보여준 글로벌 궁극기 활용을 그대로 되돌려준 셈이 되었다.

카드술사를 밴한 ST S의 선택은 탁월했지만 랜턴 정글러를 의식한 루루 픽은 경기가 끝날 때까지 아쉬움으로 남을 것이다.

그래도 유리한 상황을 의식하고 섣불리 크래셔 사냥을 시작할 수는 없었다.

루루는 언제나 강타 싸움에서 필승카드가 될 챔피언이었다.

자칫 크래셔 버프를 빼앗기면 게임이 비벼질 가능성이 있었다.

우리의 목표는 루루.

"루루 보이면 일단 물어요. 누구든 물고 늘어지면 무조건 잡아낼 수 있어."

루루가 잡히는 순간 크래셔는 우리 품에 들어올 거고 승리도 함께 따라올 것이었다.

라인을 쭉쭉 밀어 넣으며 맵의 시야를 확인하는데 드디어 루루가 포착되었다.

"미드라인으로 바텀 듀오랑 루루 올라온다!"

"뒤 잡을 수 있어요?"

"텔 온! 팡테 궁극기도 돌았을 거야."

"그럼 걸어요!"

우리는 마치 한 몸처럼 움직였다.

신호가 떨어지자마자 르넥톤과 팡테온이 합류하며 리오나와 애시의 궁극기가 발사되었다.

목표는 루루지만 루시앙이 먼저 반응해서 빠져준 덕분에 정확하게 루루에게 스턴 연계가 들어갔다.

환상적인 타이밍에 뒤를 잡으며 도착한 르넥톤과 팡테온은 도망치는 루시앙을 잡아냈다.

[적을 처치했습니다!]
[적을 처치했습니다!]

순식간에 합류전 구도를 만들어 일방적인 이득을 본 우리는 루시앙과 루루가 없는 ST S를 뒤로 두고 크래셔를 사냥했다.

템이 잘 나와 빠른 속도로 크래셔 버프를 획득한 우리는 곧장 미드라인을 잡고 밀고 들어갔다.

◆

무난한 승리.

아무리 ST S라고 하더라도 완벽한 운영에 휘말려 성장 격차가 벌어진 상황에서 버텨낼 재간이 없었다.

1경기는 완벽한 브레이커의 개입으로 무난한 패배.

2경기는 철저한 설계 아래 똑같은 방법으로 무난한 복수.

3세트에서 오늘의 승부가 결판이 날 것이다.

"아 진짜 이기고 싶다. 2세트 우리가 휘두른 거 보니까 진짜 가위바위보 싸움만 잘 하면 쉽게 갈 것 같은데."

"그러게 진욱이 오더에 그냥 몸을 맡기면 될 것 같아."

"아휴…. 부담 주지 마세요."

팀원들은 대기실에 모여 마지막 세트에 어떤 승부수를 걸어야 할지 대화를 나누고 있었다.

2세트에서 우리 조합이 적의 허를 찌를 수 있었던 것은 랜턴 정글러를 활용 할 거라는 예상을 깨버린 덕분이었다.

그러나 이미 깨진 예상은 이제 쓸모가 없어진 휴지조각

이나 다름없었다.

분명 3세트 밴픽에서는 일반 정글러 활용 조합도 염두에
둔 채로 조합을 가져갈 것이었다.

다시 한 번 랜턴 정글러를 버려도 2세트처럼 위협적인
설계나 계산 아래 이루어진 운영은 나오기 힘들었다.

그렇다고 랜턴 정글러를 활용하자니 마치 코끼리가 밟고
지나가도 멀쩡하던 쉬몬스 침대 같은 편안함을 보여주는
ST S의 안정감을 흔들기 부족해 보였다.

"다들 느낌이 어때요? 3세트도 쟤들은 그냥 정석 픽으로
나오겠죠?"

"아마 그렇지 않을까?"

"무조건이지. 딱히 다른 걸 준비하지는 않았을 거야."

"그나마 특이 픽이 나오면 미드라인 말고 없어."

탑 탱커, 정글 유틸러, 미드 딜러, 원딜과 탱킹이나 유틸
형 서포터.

틀에 박힌 프레임 안에서 우리 조합에 맞춰 ST S의 조합
이 완성될 것이 분명했다.

"잠깐만, 3세트 우리 후픽이지?"

"응, 우리 차례야."

이건 나름 중요한 문제였다.

후픽 순서를 잡으면 최후의 한 자리는 적의 조합이 모두
완성된 다음 선택할 권리가 생긴다.

이 한 자리를 잘 이용하면 적 조합을 강제한 다음 카운터를 칠 수 있었다.

"패턴 좀 생각해 보자. 탑에서 르넥톤 가져오면 적 탑은 히바나 아니면 닥터문도 맞지?"

다들 고개를 끄덕였다.

원딜러는 전부 풀어준 다음 먼저 가져가도록 강요하면 루시앙과 트이치 중 하나가 확실하다.

"미드라인이 문제네."

"솔직히 미드에서 브레이커가 뭘 가져갈지 예상하는 건 불가능해. 그나마 선호하는 챔피언은 있지만…."

"룰루랄라, 오리안나."

나 역시 그 의견에 동조하듯 고개를 끄덕였다.

다른 건 몰라도 룰루랄라와 오리안나가 풀리면 브레이커는 그 중 하나를 가져갈 것이다.

물론, 라이진이나 환술사를 열면 또 다른 이야기가 된다.

이런 식으로 하나씩 조합을 강제할 수 있다면 분명 뾰족한 수가 생길 것 같은데….

가능성이 있다면 시간이 급박하다고 해도 진지하게 파고들어가 볼 필요가 있었다.

"나 잠깐만 전화 좀 하고 올게."

팀원들을 대기실에 두고 복도로 나와 스마트폰에 저장된

장 코치의 번호를 눌렀다.

♦

장민석 코치는 연습실에서 팀 엔젤 선수들과 함께 팀 데몬 경기 중계를 시청하고 있었다.

1경기 패배 후 가라앉은 분위기를 2경기 절묘한 밴픽으로 반전시키는 것을 보고 고개를 끄덕였다.

역시 베놈 그 녀석은 물건이라는 생각이 머릿속에서 떠나지 않았다.

이제 데뷔해서 반 시즌 치른 선수 치고는 빼어나도 너무 빼어나다고 할 수 있었다.

그래서 3경기를 더욱 기대했다.

권진욱. 도대체 어떤 카드를 들고 나올까?

막 그런 고민을 하고 있는데 스마트폰이 온몸을 부르르 떨어댔다.

전화가 걸려왔는데 발신자를 보니 바로 권진욱이었다.

서둘러 복도로 나가 전화를 받았다.

"무슨 일이야?"

[장 코치님 도움이 필요합니다.]

"내 도움? 뭐든 도와줄 수 있긴 한데…. 밴픽이나 조합구성에 대한 전략은 네가 더 낫다는 거 알잖아."

[장 코치님이 저보다 훨씬 잘 하시는 걸 부탁드리려고요.]

자신을 띄워주니 장민석은 뿌듯한 마음과 의아한 마음이 동시에 들었다.

"말해봐. 뭔데?"

[3세트 ST S 조합은 역시나 정석 밸런스 조합이겠죠?]

"그건 확실하지."

[그래서 라인에 들어갈 챔피언들을 강제하고 마지막 픽에서 카운터를 칠 생각인데….]

딱 거기까지만 들어도 권진욱의 의도가 뭔지 알 수 있었다.

팀 데몬의 후픽 순서!

최후의 최후까지 숨긴 마지막 카드에서 가장 적절한 라인에 갈 수 있는 의외의 챔피언이 필요한 것이었다.

숨겨진 챔피언을 찾아내는 일은 장민석 본인이 생각하기에도 일가견이 있는 분야였다.

"아…. 딱 떠오르는 게 하나 있긴 한데 이거 진짜 우리 애들이 써먹으려고 준비 중이었던 건데…."

[부탁드릴게요. 상대가 상대인지라 지금 찬밥 더운밥 가릴 때가 아니에요. 이번 경기 잡고 가야 연전에서 뭐라도 기대할 수 있어요. 아시잖아요.]

"알지…. 그래. 도와줄 테니 우리 경기 있을 때 모른 척하기 없기다?"

[한 팀인데 모르는 척 할 리가 있겠어요!]

장민석 코치는 권진욱에게 자신이 준비했던 카드 하나를 조심스럽게 설명했다.

현재 메타에서 최대한 다른 라인에 무리를 주지 않는 선에서 사용할 수 있는 카드였다.

숙련도에 문제가 있을 수 있지만 상황이 급하다면 판단은 권진욱이 알아서 할 것이었다.

모든 설명이 끝난 후 권진욱의 목소리는 한층 밝아져 있었다.

[감사합니다. 제가 왜 그걸 생각 못했을까요.]

"아마 그 카드라면 여러모로 괜찮을 거야. 대신 원딜 픽이 중요해. 알지?"

[네, 대충 그림 나오는 것 같아요.]

"이기고 와라."

한솥밥 먹는 식구의 응원은 뜨거운 무언가를 불러온다.

응원하는 장민석도 응원 받는 권진욱도 마지막 세트에 대한 결의를 다지고 전화를 끊었다.

◆

마지막 세트가 시작될 무렵 경기장에는 더 많은 팬들이 몰려들었다.

"오늘 경기에 대한 관심이 얼마나 뜨거운지 팬분들이 직접 보여주시네요. 이미 마지막 세트를 향해 달려가는 시간인데도 조금씩 관중석이 더 채워지더니 만석이 되니 서서 관람하시는 분들도 계세요."

"분명 그럴 가치가 있는 게임이죠. 오늘 경기가 끝이 아니거든요? 두 팀은 연전으로 맞붙습니다. 다음 경기에 대한 전초전이니 직접 확인하고 싶으신 거죠!"

"그럼 긴말 않고 여러분이 기다리시는 경기를 지켜보시죠! 밴픽 시작합니다!"

뜨거운 박수와 함께 시작된 밴픽.

첫 번째 밴 순서는 ST S였다.

그들의 선택은 카드술사였다.

바로 이어지는 팀 데몬의 턴.

팀 데몬은 시작과 동시에 트레쉬를 잘라버렸다.

해설진은 만두 선수가 트레쉬를 잘 다루고 슈퍼 세이브를 종종 보여준다는 점을 근거로 들며 날카로운 밴이라고 평가했다.

해설진은 카드술사 밴의 의미를 되짚었다.

"베놈 선수의 로밍 능력을 인정하지 않을 수 없으니까요."

"그런데 카드술사를 먼저 잘라냈다는 건 좀 의미가 깊어요. 브레이커 선수 이번에 아주 공격적인 픽을 보여줄 것 같죠?"

"팀 데몬의 이번 선택이 아주 중요합니다. 라이진, 환술사를 열어줄 것인지 풀어줄 것인지 궁금한데요."

"굳이 먼저 잘라 줄 필요 없죠? 둘 다 열어버리면 그냥 하나씩 나눠가지면 그만이거든요?"

정말 생각지도 못한 밴이 나왔다.

의외로 ST S에서 라이진을 잘라버렸다.

많은 이들이 ST S 성격 상 라이진과 환술사를 배짱으로 열어줄 수도 있을 거라 생각했다.

나눠 가져가면 브레이커가 분명 유리한 고지를 선점할 테니 일리 있는 예상이었다.

하지만 예상을 깨고 라이진을 잘라버렸다.

"이건 베놈 선수를 인정하는 거나 다름없죠."

"맞습니다. 베놈 선수는 어떻게든 버텨내면서 반반은 해주는 선수거든요? 그런 선수에게 라이진이나 환술사를 쥐어주면 분명 변수가 됩니다."

해설진의 설명이 끝나기 무섭게 팀 데몬에서 자른 것은 바로 미나였다.

"오…. 만두 선수를 저격하는데요? 이러면 만두 선수가 즐겨 사용하는 세이브용 서포터가 없어진 셈입니다."

"선택지가 별로 없죠. 카우스타 아니면 리오나 둘 중 하나가 남아요. ST S의 밴도 지켜봐야죠."

한 턴씩 더 돌아가 밴픽이 끝난 후 양 팀이 잘라낸 챔피언 리스트는 흥미로웠다.

팀 데몬
트레쉬, 미나, 카우스타

ST S
카드술사, 라이진, 환술사

김동진 해설이 감탄하는 듯한 얼굴로 말했다.

"진짜 이런 일이 벌어지네요. 사실 밴 리스트만 보면 ST S가 언더독이라고 해도 믿을 만큼 일방적인 수준입니다."

"이거는 완전히 브레이커 선수가 베놈 선수를 인정했다고밖에 설명할 수 없어요."

"미드 3밴 이후 양 팀의 선택은 뭔가요?"

첫 번째 픽 순서 역시 ST S의 것이었다.

열린 챔피언들 중 가장 우선적으로 가져와야 할 것은

당연히 리오나였다.

카우스타가 잘린 마당에 그나마 1티어로 취급되는 녀석은 리오나 뿐이었다.

이어지는 팀 데몬의 픽 순서.

그 순간….

팀 데몬의 픽을 본 모두가 경악했다.

우와아아아아아아아!

첫 번째 픽이 확정된 챔피언은 바로 트롤 킹이었다.

설원에 사는 트롤 종족의 왕으로 설정된 이 챔피언은 근접 챔피언으로 대표적인 뚜벅이 중 하나였다.

이동기가 없어 뚜벅뚜벅 걸어 붙어서 몽둥이로 두드려 패는 것이 컨셉.

궁극기는 적의 방어력과 마법 저항력을 훔쳐오는 것으로 안티 탱커 챔피언의 대명사였다.

그러나 아무도 쓰지 않는 그런 챔피언.

과거 A.주부 시절 장민석의 실수로 랜덤픽이 되었던 챔피언이 바로 이것이다.

김동진 해설은 픽을 보고 아예 이해할 수가 없다는 듯한 표정이었다.

"이거 실수 아닌가요? 이형우 해설 헌정 픽 돌리려다가 픽 누른 거 아닐까 싶은데요?"

"글쎄요…. 클라우트 장원영 선수가 탱커를 잘 다루니까

한 번은 써봄직한 카드라는 생각이 드는데 중요한 건 이게 첫 번째 픽으로 나왔다는 겁니다."

"그러게요? 숨겨뒀으면 끝까지 숨길 수 있는 챔피언이었거든요?"

"혹시 몰라요. 효율은 떨어지지만 트롤 킹도 랜턴 정글로 활용할 수 있는 챔피언입니다. 랜턴 아이템 들고 방템만 둘둘 둘러도 위협적인 챔피언이에요."

해설진도 의도를 파악하지 못한 트롤 킹의 선택.

이어지는 픽은 원딜러 애시였다.

"이것도 참 의도를 전혀 모르겠네요. 분명 원딜을 선택할 거라면 열려 있는 원딜 중 루시앙이 원탑인데 애시를 가져갑니다."

픽의 의도를 짐작할 수 없으니 ST S는 선택지가 별로 없는 포지션을 먼저 가져갈 수밖에 없었다.

"그렇죠. 이렇게 되면 그냥 ST S가 루시앙을 가져가죠. 이어지는 픽은 거미여왕입니다. 언제 어느 상대로나 무난하게 플레이가 가능하죠."

수수께끼 같은 팀 데몬의 밴픽 전략이 더 많은 집중도를 불러 일으켰다.

팀 데몬이 챔피언을 선택해야 할 차례.

그들의 선택은 또 한 번 의외의 선택이었다.

"아아? 르넥톤과 오리안나가 나옵니다?"

"그러면 일단 트롤 킹이 탑 라인으로 가지 않는 건 확정이죠. 아무래도 아까 말씀드렸던 것처럼 랜턴 정글로 활용할 생각인 것 같습니다."

르넥톤이 나온 것을 보고 ST S에서는 곧장 히바나를 가져가면서 다시 한 번 르넥톤과 히바나의 탑 라인 구도가 형성되었다.

마지막 ST S에게 남은 미드라인은 역시 무난한 룰루랄라였다.

"여기까지는 누구나 예상했을 겁니다. ST S 조합은 완성이 됐네요."

"팀 데몬의 마지막 픽! 서포터가 고민일 텐데요. 서포터가 마지막 픽에 남는 경우가 생기네요. 하하하."

다들 마지막 팀 데몬의 선택은 서포터일 거라 예상했다.

그러나 팀 데몬의 선택은 바로 정글 카젝스였다.

이미 픽이 완성되었다.

그럼에도 해설진은 한동안 어리둥절한 반응이었다.

"잠시만요. 르넥톤이 있는데 카젝스를 픽한 건가요? 그럼 트롤킹이 어디로 가죠?"

"그러게요? 베놈 선수가 미드 카젝스를 썼던 전력이 있긴 한데…. 이미 오리안나를 가져간 상태거든요? 설마 오리안나가 서포터 자리로 내려갑니까?"

"일단 ST S 선수들의 스왑은 완성 되었습니다."

"히바나, 거미여왕, 룰루랄라, 루시앙, 리오나 아주 균형 잡힌 ST S 다운 그런 조합이에요."

"반면에 팀 데몬 선수들은 아직 스왑하지 않고 있습니다."

둘 중 하나였다.

어느 챔피언이 어느 라인에 가는지 헷갈리게 만들어 최후의 최후까지 ST S 선수들이 룬과 특성을 결정하지 못하도록 만드는 수작일 수 있다.

다른 가능성은 정말 실수로 트롤 킹을 뽑아 팀 데몬 내부에서 혼란이 빚어진 경우이다.

"시간이 얼마 없습니다. 빨리 결정해야죠!"

"아! 바뀝니다! 라인이 바뀝니다!"

제한시간을 거의 막바지까지 사용한 팀 데몬은 준비한 조합을 보여주었다.

"탑에 르넥톤이 가고요. 정글로 카젝스가 가면서 트롤 킹을 서포터로 내려버리는군요!"

"와아…. 결국에는 랜턴 정글러 사용을 포기하면서 마지막에 마지막까지 심리전을 건 것이나 다름없죠? 이형우 해설의 말처럼 트롤 킹도 분명 랜턴 정글러로 활용이 가능하니까요. 르넥톤이 보이는 순간 누구라도 그렇게 생각했겠죠!"

"이거는 말이죠···. 개인적으로 클라우트 선수가 제일 기분 나쁠 것 같아요. 트롤 킹은 서포터로 가지만 한타 페이즈에서 궁극기는 무조건 히바나에게 고정 될 것이잖아요?"

"그렇습니다. 서포터 궁극기 때문에 탱킹력이 반감하게 생겼어요. 와 진짜 재미있네요."

해설진은 경기가 시작되는 그 순간 까지도 처음으로 등장한 트롤 킹 서포터 픽의 활용도를 예측해댔다.

"라인전 단계에서 어떨까 생각해보면 말이죠. 팀 데몬의 밴픽 전략에 그냥 ST S가 완전히 당했다고 밖에는 말할 수가 없어요."

"맞습니다. 이걸 위해서 트레쉬와 카우스타, 미나까지 밴 카드를 전부 서포터에 투자한 겁니다. 리오나를 가져가도록 강제하고 트롤 킹을 서포터로 쓰려고요."

"정말 기발하네요···. 대단하다는 말밖에 할 말이 없습니다. 누가 봐도 느껴지거든요? 원거리 서포터 상대로 힘들게 빤히 보이니까 근접형 서포터를 강제하고 카운터 치는 거죠."

지금까지 팀 데몬이 보여주던 밴픽 전략과는 확연하게 다른 무언가가 존재한다는 걸 모두가 느끼고 있었다.

그 무언가를 가장 먼저 캐치한 것은 역시나 김동진 해설이었다.

"아! 이제야 알겠네요. 사실 베놈 선수 밴픽 전략에 교묘한 수가 몇 개나 도사리고 있는지 알 수 없다고 말하는 게 정설인데요. 기존에 사용하던 챔피언들을 아이템이나 라인 스왑으로 심리전 거는 형태가 많았거든요?"

"그렇죠? 미드 카젝스나 어쩌다 선보인 탑 트이치 같은 픽도 원래 현재 메타에 잘 사용하는 챔피언들이죠."

"그런데 뜬금없이 트롤 킹이 튀어나온 이유가 뭔지 알 것 같아요. 정민석 코치가 피닉스 스톰에 합류했다는 기사를 많은 팬 분들이 보셨을 겁니다. 정민석 코치가 선수시절에 어떤 선수였습니까?"

"구대기 챔피언들 발굴해서 써먹는 변태 플레이어였죠."

워낙 절친한 이형우의 옛 동료를 향한 짓궂은 농담이 팬들을 폭소케 했다.

"아마 베놈 선수에게 트롤 킹 서포터 소스를 준 건 정민석 코치가 아니었을까? 그런 생각이 듭니다. 정말 대단하네요. 이렇게 베놈 선수의 전략전술 레벨이 한 단계 더 진화한 느낌이 강하게 듭니다!"

친절한 설명 덕분에 의도와 목표를 정확하게 파악한 팬들은 펼쳐질 오늘의 마지막 세트에 모든 이목을 집중시켰다.

◆

처음 정 코치에게 트롤 킹 서포터에 대한 소스를 전화로 들으면서 나는 걱정하지 않을 수 없었다.

훗날 아주 대중적으로 사용될 트롤 킹 서포터를 이 시점부터 구상하는 정 코치에게 감탄하기는 했으나 과연 정남규가 이 픽을 잘 다룰 수 있을지는 미지수였다.

핵심은 적의 탑과 서포터에 탱킹 위주 챔피언을 강제하고 브레이커에게 룰루랄라를 던져주며 안정감을 가져가도록 유도한 다음 그 모든 것을 빼앗는 트롤 킹의 궁극기였다.

단적으로 죽지 않고 버티며 한타 페이즈로 끌고 가 히바 나에게 궁만 쓰면 트롤 킹의 임무는 끝이라는 거다.

그러나 이 트롤 킹 픽이 대중적으로 사용될 시점을 보고 온 내게 그것만으로는 뭔가 부족한 감이 있었다.

그래서 정 코치와 상담 끝에 찾아낸 조합이 바로 애시와 트롤 킹의 조합이었다.

이른바 설원의 미녀와 야수.

챔피언 탄생지가 같은 설원으로 설정된 녀석들이라 특성상 슬로우 스킬이 많았다.

무한 슬로우 조합으로 적을 느릿하게 만든 다음 애시의 궁극기로 스턴을 연계하며 갱킹과 한타를 유리하게 이끌 수 있었다.

게임이 시작되고 라인전 구도에서 생각보다 바텀 라인이 잘 버텨주었다.

"생각보다 괜찮네?"

"패시브 덕분에 버티기가 편해."

정남규 역시 막강한 우리 막내 라인의 한 명이었다.

경기 시작 전 내가 설명하는 매커니즘을 참고하는 것과 몇 분 플레이해본 것만으로도 어느 정도 감을 잡은 상태였다.

이 상태라면 적을 압박하는 플레이까지는 힘들어도 최소한 반반 버티기 정도는 가능할 것 같았다.

트롤 킹은 주변에서 쓰러지는 적 전투병마다 일정 체력과 마나를 돌려받는 패시브가 있어 버티기 하나는 끝내주는 챔피언이었다.

"얼음기둥 계속 쿨 돌리면서 감 잡아 둬야해. 알지?"

"스킬 구성이 단순해서 별로 어렵지가 않아. 걱정 붙들어 매! 상규가 아무거나 잘하듯 나도 아무거나 잘하니까."

팀원들은 모두 든든한 마음으로 자기 라인전에 집중했다.

"우리 목표는 정식 한타! 어차피 쟤네 조합도 스플릿 가능한 챔피언 없으니까 무난하게 성장하는 걸로 포커싱해요."

"처음이네? 우리가 정석 운영가는 거."

"그것도 ST S 상대로 말이야. 큭큭."

"히바나만 녹이면 남은 건 다 아이스크림이니까."

사실 말이 쉬운 일이다.

모든 라인에 현 시점 세계 최고의 실력을 보유한 선수들로 구성된 ST S를 상대로 무난한 파밍 구도에서 성장하자는 건 자칫 오만해보일 수 있는 말이다.

그런데 그게 가능한 이유가 있었다.

"거미여왕 또 미드."

"또 갔어? 징하다. 징해."

ST S는 2세트에 브레이커를 노렸던 우리 플레이를 의식한 탓에 노골적으로 미드라인 갱킹과 커버 플레이를 보여줬다.

특히나 정글러 거미여왕의 동선은 모든 것이 미드라인 중심이었다. 그렇다 보니 내가 조금만 조심하면 다른 라인은 비교적 편안한 상태였다.

아군 정글과 서폿, 나 스스로까지 미드 주변 시야를 꽉 잡아뒀고 적절한 타이밍에 상규의 카젝스가 도와주기도 해서 불편한 일도 없었다.

애초에 나는 브레이커와 1:1 싸움에서 이길 생각이 없었기에 속 쓰릴 일도 없었다.

그렇게 무난한 성장으로 각자 2코어 아이템을 맞춘 시점에서야 한 개씩 나눠 가진 용의 세 번째 리스폰 되자 ST S

에서 도발을 걸었다.

일단 무난하게 성장하면 절대 지지 않는다는 마인드가 그들에게서 엿보였다.

"쟤네 용 서식지 주변 시야 정리한다."

"탑은 아까부터 안 보이던데? 어떻게 할래?"

우리가 원하는 건 정식 한타였으니 피할 이유가 없었다.

괜히 용 주고 탑 라인 밀어봐야 운영싸움의 시작이라 한타 페이즈에서 격차를 벌린 다음 요리하는 게 편했다.

"다들 명심해요! 무조건 히바나 먼저 녹이고 진형 갖춰서 밀고 들어가는 겁니다."

"리오나는 무시해! 남규 CC 해제 잘 보고."

콜이 나온 순간 용 서식지로 내려오기 시작했던 르넥톤과 미드라인에서 합류한 다음 천천히 시야를 밝히며 진격했다.

나는 르넥톤에게 구체를 달아놓고 후방 포지션을 취한 뒤 아군을 통솔했다.

"스펠 체크 한 번 더 하고! 싸움 벌어지면 일망타진해야지 괜히 용 보다가 도주 각 주면 피곤해집니다!"

"용은 줘도 되니까 에이스 목표로 덮쳐!"

"히바나 다음은 바로 원딜 물고! 르넥톤은 구체 달고 각 보이면 점멸이라도 써서 파고 들어요."

커맨더 베놈의 지휘가 보여주는 마법.

아군은 가장 이상적인 포지셔닝 형태로 진형을 구축한 다음 한 몸이 된 듯 한 덩어리로 밀고 들어갔다.

ST S도 기다렸다는 듯 측면에서 합류한 히바나가 전방 포지션으로 치고 나오며 갑자기 몸에서 불을 뿜기 시작했다.

강제 이니시를 걸겠다는 의도를 파악하고 반사적으로 소리쳤다.

"남규야! 히바나 날아오는 경로에 기둥!"

나의 외침에 정남규가 반사적 반응을 보이듯 트롤 킹의 기둥을 세웠다.

쿠와아아!

히바나는 우리 포지션의 한 가운데로 날아오르다가 경로에서 기둥과 겹치며 갑자기 추락하고 말았다.

◆

카이어 게임즈.

리그 오브 챔피언스…. 즉, 로크를 개발한 개발사로 전 세계 모든 로크 리그를 해당 지역의 협회와 함께 주최하는 현 시점 가장 뜨거운 게임개발사였다.

명실상부한 세계 최고의 팀 ST S와 믿을 수 없는 돌풍을 일으키고 있는 신흥강자 팀 데몬의 경기는 이들에게도 커다란 관심사였다.

카이어의 밸런스 팀을 이끄는 수뇌부 셋이 한 자리에 모여 경기를 지켜보는 중이었다.

용 서식지 앞에서 벌어진 첫 번째 5:5 정식 한타에서 팀 데몬은 믿을 수 없는 모습을 보여줬다.

트롤 킹의 크고 아름다운 기둥이 적의 복판에 깔리며 순간적으로 날아오르던 히바나의 강림을 끊어버리는 결과를 보여줬다.

스킬 사용 타이밍이 의도치 않게 겹치며 벌어진 일이다.

승천하던 드래곤이 그대로 추락하자 전술적인 측면에서 ST S는 상대가 되지 않았다.

애시의 궁극기를 그대로 두드려 맞은 히바나는 트롤 킹의 궁극기가 겹쳐지며 포커싱을 당해 사르르 녹아버렸다.

그 순간 ST S에서 경기 일시중단을 요청했고 가장 흥미진진한 장면에서 게임이 멈춰버렸다.

ST S는 강력하게 항의했다.

트롤 킹의 기둥 스킬 툴 팁 설명과 비교하면 실제 벌어진 히바나의 강림이 끊긴 현상은 버그가 아니냐는 것이다.

경기의 감독관과 심판들도 빠른 대답을 내놓지 못했다.

방송을 지켜보던 밸런스 팀의 데이비스가 입을 열었다.

"일리 있는 항의 아니야?"

"저걸 어떻게 평가해야 하지?"

밸런스 팀을 이끄는 브라운도 동조하듯 고개를 끄덕였다.

트롤 킹의 기둥 스킬 툴 팁에는 통과할 수 없는 기둥을 세우고 그 주변으로 일정 계수의 슬로우 효과를 준다는 설명이 적혀 있었다.

그 어디에도 넉 백을 언급하는 단어가 없던 것이다.

그러나 챔피언 디자이너가 처음 챔피언을 설계할 때 벽과 같은 기둥이 세워지는데 그 지점에 챔피언이나 중립 몬스터, 또는 전투병이 있다면 뚫고 올라가는 것이 적절하다며 기둥 바깥으로 밀려나는 짧은 넉 백 기능을 삽입했다.

이것 역시 일리 있는 설명이었다.

데이비스는 이런 경우 어떻게 처리해야 맞는 건지 생각했다.

스킬 설명에 명시하지 못한 개발사 측의 잘못인가?

트롤 킹 출시부터 있던 기능을 미처 파악하지 못한 게이머의 잘못인가?

"이거…. 내가 심판이라고 해도 쉽게 결정 못 내리겠는걸?"

"일단 지켜보죠."

10분이 넘게 중단된 게임.

팬들의 원성은 터져 나오고 있었고 화면 상 심판진은 정신없이 오가는 모습이 보였다.

그리고 결국 심판 한 명이 무대에 올라 마이크를 쥐었다.

한국어로 말하고 있지만 해외중계를 위한 영어 중계진이 동시 중계를 하기에 곧바로 번역된 결과를 들을 수 있었다.

"트롤 킹의 기둥 생성 시 넉 백 현상은 챔피언 출시부터 있었으며 스킬 설정 상 타당한 효과이기에 버그가 아닌 것으로 판단하겠습니다. 툴 팁 설명에 대한 부분은 개발사의 몫으로 저희가 해명하기 어려운 점 양해바라며…"

결국에는 버그가 아닌 것으로 판정한 심판진에 의해 경기는 속개되었다.

히바나의 탱킹 능력을 상실케 만든 트롤 킹의 존재와 스킬이 겹치며 생긴 이니시 실패의 결과로 대패한 ST S는 속절없이 경기를 내줄 수밖에 없었다.

데이비스는 이 모든 경기를 지켜본 다음 온라인에 공개된 당시 경기의 보이스 채팅 상황을 전해 듣고 다시 한 번 깊은 고심에 빠졌다.

이따금씩 온라인 영상으로만 공개되는 보이스 레코드.

선수들이 경기 중 나누는 커뮤니케이션을 편집해서 올리는 영상으로 일반적인 경우에는 공개되지 않지만 재미있는 내용이나 관심도가 높았던 경기에 한정해서 공개하고 있었다.

ST S와 팀 데몬의 경기는 전 세계 팬들이 주목한 만큼 당연히 몇몇 부분이 편집되어 올라왔는데 그 중에는 큰 화제가 되었던 장면에 대한 부분도 있었다.

클라우트 히바나의 승천을 막은 트롤 킹의 기둥 활용이 나오기 직전 팀 데몬의 보이스 레코드였다.

[Venom : 히바나 날아오는 경로에 기둥!]

모두가 놀랄 수밖에 없었다.

우연히 두 개의 스킬 타이밍이 겹치며 벌어진 기현상이라고 생각했다. 그렇기 때문에 ST S에서도 버그가 아니냐며 경기 중단을 요구했던 것이다.

그러나 알고 보니 우연이 겹친 게 아니었다.

엄연히 경로를 지목해서 기둥 타이밍을 잰 베놈의 오더가 뒤에 숨어 있었다.

적어도 베놈은 기둥이 생성될 때의 그 짧은 넉 백을 이용할 의도를 지니고 있던 것이다.

이 해프닝 때문에 마지막 경기가 기대감에 비해 힘없이 지나갔다는 평가가 많았는데 보이스 레코드가 공개되면서 반응이 정반대로 뒤집혔다.

[아니, 일단 트롤 킹 기둥에 넉 백 있는 거 원래 알았던 사람 있긴 있음?]

[나도 경기 보고 버그인 줄 알았음.]

[트롤 킹을 누가 씀 ㅋㅋㅋ 장인들이나 알았겠지.]

[랜덤 픽 게임에서도 저거 나오면 그냥 닷지하는데 알 리가 있나? 아무도 안 쓰는데 ㅋㅋㅋㅋ]

[그런데 베놈은 저걸 써먹은 거 아님?]

[끝이 어디냐 권진욱 ㅋㅋ]

[어쨌거나 두 팀 1차전은 결론적으로 베놈이 끝낸 거나 다름없는 거네? 3경기 김 빠졌다고 욕했는데]

[빠진 김을 다시 채워 넣는 클라스 ㄷㄷ]

팬들의 반응은 호의적이었으나 정작 개발사 카이어에서는 대책 회의가 시작되었다.

"어제 게임 이후로 트롤 킹 서포터와 탑 라인 픽률이 비약적으로 상승했습니다. 이 결과로 퓨어 탱커를 사용하는 유저들의 승률이 크게 떨어졌습니다."

"커뮤니티에서 여러 유저들의 반응은 상당히 부정적입니다. 트롤 킹이 어느 라인에서나 패시브로 얻어가는 것이 너무 크다는 지적입니다. 특히나 퓨어 탱커 챔피언에게 궁극기만 사용한 다음 멀뚱멀뚱 서 있어도 역할이 끝난다는 데서 반감을 사고 있습니다."

밸런스 팀을 이끄는 데이비스는 고작 하룻밤 사이에 전 세계적인 수치변화를 보며 골머리를 앓았다.

베놈에게 보내지는 찬사의 이면에는 머리 아픈 픽의 등장으로 인한 불만이 팬들로부터 터져 나오고 있었다.

"확실히 지금 메타의 정곡을 찌르는 픽이기는 한 것 같은데…. 방향성을 어떻게 잡아야 할지 모르겠군."

"일단 여러 문제점이 지적되고 있는데 트롤 킹의 스킬 사용 시 소모 값보다 얻는 이득이 너무 크다는 지적이 많습니다. 조치를 취하지 않으면 당분간은 밴 목록에 계속 오르거나 사용될 것 같습니다."

"또 하나, 저희 카이어가 늘 주장하던 직관성과 툴 팁 설명에 대한 오해의 소지를 없애라는 요구가 늘어가고 있습니다."

"툴 팁 설명에 대한 건 우리 소관이 아니니 디자인 팀 의견 먼저 구하도록 하고 트롤 킹을 건드려야 할지 말지 의견이나 내봐. 문제가 계속 될 것 같지만 일단은 고작 하루밖에 안 된 문제이지 않나?"

데이비스는 본인이 묻고도 고개를 절레절레 저었다.

이 일을 하루이틀 해본 것도 아니고 이런 메타에 치명적인 강점을 지닌 픽은 발견되는 즉시 손을 쓰지 않으면 당분간 생태계를 교란한다는 걸 이미 알고 있었다.

이전에 이런 경우가 또 있었다.

바로 베놈이 나탈리를 미드라인에 들고 나와 포킹 조합을 형성하면서부터였다.

뿐만이 아니었다.

랜턴 정글을 바로 리그에 가지고 나오면서부터 실시간 서버에 이른바 RPG 정글러들이 양산되며 게임의 질이 떨어지는 결과를 초래했고 끝내 랜턴 아이템의 너프를 결정할 수밖에 없었다.

이건 바로 이번 주에 있을 밸런스 패치에서 공표될 내용이었다.

'또 녀석 때문인가…'

베놈이 무언가 새롭게 찾아 들고 나오면 그 즉시 건드려야 할 만큼 치명적인 조합이나 픽이 된다.

부하 직원들은 계속해서 밸런스 조정이 필요한 부분을 어떻게 잡을 건지 의견을 내고 있었다.

"트롤 킹이 만능 픽은 아닙니다. 퓨어 탱커가 아닌 브루저 챔피언들이나 원거리 챔피언을 만나면 버티는 것도 힘들 만큼 수세에 몰리는데 차라리 딜링형 탑 챔피언을 조금 버프하는 게 메타 정착을 막는 방법 아닐까요?"

"저도 동의합니다. 상대 팀에 퓨어 탱커가 없다면 트롤 킹 픽의 의미가 사라집니다. 파이어럼블이나 제넨, 올라크 같은 픽이 탑에서 더 활발하게 나오도록 만드는 게 메타의 변화를 이끌 수 있다고 생각합니다."

데이비스가 혀를 끌끌 차며 말했다.

"메타를 항상 유저 실시간 서버에 맞추는 건 좋지 않은 버릇이라고 했지? 그렇게 조정한다고 리그의 메타가 변할 거라 생각하나? 트롤 킹 밴하고 퓨어 탱커 가져가면 그만이야."

팀장의 호통에 부하 직원들은 입을 꾹 다물어 버렸다.

그 중 한 명이 힘겹게 입을 열었다.

"두 개의 방향성을 다 잡아야 한다고 생각합니다. 적절한 이득과 소모 값의 조화가 맞도록 트롤 킹도 너프 하고 트롤 킹을 잡을 수 있는 챔피언들의 버프가 병행되어야 더 자연스럽게 메타 변화를 이끌 수 있습니다."

"그래야 하는 이유는?"

"곧 출시될 신 챔피언이 디자인 상 강력한 탱킹형 서포터입니다. 트롤 킹을 그대로 두면 무조건 신 챔피언과 트롤 킹 서포터의 양대 산맥 양상 확정입니다. 고착화는 언제나 옳지 않죠. 특정 선수가 저희 의도를 꿰뚫고 패치마다 최적의 조합을 찾아내는 것에 특화되어 있다면 더 빠른 흐름을 주는 게 저희가 할 수 있는 가장 바람직한 조치라고 생각합니다."

데이비스는 가장 막내로 들어온 부하 직원의 발언에 고개를 끄덕였다.

특정 선수로 표현했지만 누구나 베놈이라는 사실을 알고 있었다.

분명 최고의 선수는 브레이커나 ST S 선수들이라고 말할 수 있지만 그들은 메타에 뒤쳐진 자신의 손에 잘 익은 챔피언을 선호하는 경향이 있다.

그 때문에 베놈이 골칫거리가 되었다.

믿을 수 없을 만큼 패치마다 적응하는데 짧은 시간만을 소비한다.

당장 랜턴 아이템 출시 후 한 달도 채 되지 않아 너프를 결정하게 만들 만큼 잘 어울리는 챔피언과 최적의 템트리, 운영법을 발견해낸 장본인 아니던가.

데이비스가 조금 더 노골적으로 물었다.

"베놈이 아예 따라오지 못할 만큼 빠르게 변화를 줘보자 이거지?"

"네, 그래야 한 명에게 집중된 빛을 분산시킬 수 있다고 생각합니다."

"그 빠른 흐름에 의도치 않게 유저들이 따라오지 못하면 어쩔 텐가? 유저가 엄청나게 빠져나갈 수도 있는데?"

"전 세계의 선수들이 빠르게 변화하는 흐름 안에서 또다시 답을 찾아낼 겁니다. 유저들은 그것을 답습할 테고요. 괜찮다고 생각합니다."

"좋아. 그럼 다음 밸런스 패치에 더해 신 챔프 출시까지 한다는 가정으로 최적의 밸런스를 만들어보도록 합시다."

단 한 경기만으로 밸런스 패치의 규모가 달라지는 순간이었다.

♦

그 어느 때보다 많은 팬들의 피드백이 들어왔다.

메일, 편지, 쪽지 어떤 경로를 통해서든 평소보다 훨씬 많은 양의 반응이 쌓여 있었다.

한 시즌 중반 무렵에 벌써 숙적이 되어버린 ST S와의 경기 결과를 축하해주는 말도 많았고 기대한 만큼 어마어마한 임팩트가 있었던 경기는 아니었다며 아쉬운 목소리를 내는 팬들도 많았다.

그러나 이 모든 걸 신경 쓰고 있을 겨를도, 승리를 만끽하며 자축할 겨를도 없었다.

당장 이틀 뒤에 벌어질 ST S와의 2차전이 기다리고 있었다.

"트롤 킹 숙련도는 좀 올라갔어?"

"진짜 단순해서 쉬운데 얻는 이득이 비정상적으로 많아. 이거 조만간 너프될 것 같은데 그 전에 꿀 많이 빨아야 해."

"기둥 넉 백 활용만 잘 하면 되니까 채널링 스킬 챔피언이나 텔레포트 같은 스펠 사용 중에 끊어주는 플레이에 신경 써. 이외에는 쉽잖아?"

"응, 덕분에 엄청 좋은 무기를 하나 장착한 느낌이야."

정남규는 완전히 트롤 킹 픽에 매료되어 맹연습 중이었다.

스크림 성적도 괜찮게 나와서 당분간 주력 픽으로 사용할 수 있을 것 같았다.

우리의 승리를 위해 준비한 카드를 기꺼이 내준 장민석 코치에게 고맙다고 몇 번이나 말했는지 모른다.

또 하나의 팀 데몬 특제 미사일.

최고의 무기로 평가받는 상규도 여러 챔피언을 준비하는 중이었다.

트롤 킹은 랜턴 정글러 활용으로 심리전도 가능하기에 함께 연습했고 그라카스 정글을 중점적으로 연습하며 2차전을 대비한 신 무기를 장착하는 중이었다.

이제는 랜턴 정글과 일반 정글을 자유롭게 오갈 수 있을 수준이 되어 전술적 활용도가 무궁무진한 팀의 핵심 선수가 되어 있었다.

한참이나 그렇게 경기를 준비하는데 로크 공식 홈페이지에 긴급 발표가 있었다.

"진욱! 이것 좀 봐. 밸런스 패치 내용 추가에 대한 공지라는데 당장 우리 2차전 끝나고 준비하기에는 너무 촉박한 거 아니야?"

"뭐라고? 뭔데?"

상규의 부름에 함께 공지를 확인했다.

애초에 테스트 서버에서 공개 되었던 밸런스 패치 내용에 더불어 몇 개의 추가 패치가 진행된다는 공지와 트롤 킹 기둥 넉 백에 대한 카이어의 공식 입장이 실려 있었다.

넉 백에 대한 내용은 어차피 디자이너 핑계를 댈 것이 유력했기에 관심 없었는데 추가 패치 내용은 내게 조금 충격적인 면이 없지 않아 있었다.

"트롤 킹 마나 소모량 증가…. 랜턴 정글 사냥 시 강화 수치 감소…. 텔레포트 스펠 재사용 대기시간 증가…. 파이어 럼블, 제넨 계수 증가…. 이거 뭐야? 완전히 저격 패치 아니야?"

패치 내용 하나, 하나가 우리 팀이 주력으로 사용하던 챔피언과 스펠, 아이템에 부정적인 영향을 끼치도록 설계되어 있었다.

이번 패치가 리그에 적용되는 시점까지 완전히 새로운 조합과 전술을 찾아내야만 하는 것이다.

게다가 예정에도 없던 신 챔피언 출시를 앞당겼다.

브라운….

선택 시 대사가 '브라운만 믿으라고!' 라는 든든한 문구인 만큼 여러모로 활용 가능한 완성형 탱킹 서포터 챔피언이었다.

물론, 나는 과거의 경험을 통해 빠삭하게 알고 있는 챔피언인데 등장 시점이 어째 이상하다.

"왜 갑자기 패치를 이렇게 몰아서 하는 거지?"

"공지 내용 보면 밸런스 패치를 더 자주 반영할 수 있다고 되어 있어. 뭔가 정책에 변화가 생긴 게 아닐까?"

상규가 말하는 변화라는 단어에 뭔가 묵직한 것이 내 가슴에 날아와 꽂혔다.

나라는 존재가 도대체 어디까지 영향을 끼쳤기에 이런 변화를 몰고 오는 걸까?

이건 분명히 나와 우리 팀이 보여준 경기에 대한 카이어의 비공식적인 답변임이 틀림없었다.

패치가 진행되고 나면 거기에 맞는 최적의 조합과 새로운 OP 챔피언을 찾아내는 데 일정 시간이 필요한 법이다.

지금까지는 카이어가 보기에 적당한 시일이 걸린다는 입장이었고 그 덕에 느슨한 밸런스 패치가 진행되었다.

그러나 내가 등장하며 모든 게 달라졌다.

나는 리그 초반부터 메타를 선도했다.

남들이 실험 단계에 가지고 있던 나탈리 미드와 포킹 조합을 들고 나와 승리를 쓸어 담았다.

랜턴 정글도 마찬가지였고 트롤 킹 활용 또한 그런 맥락에 닿아 있었다.

조금 더 빠른 패치 적용으로 그런 시간을 빼앗겠다는 의도가 눈에 보이는 것 같았다.

ST S와의 2차전을 준비해야 하나?

그 이후 적용될 패치의 조합 찾기를 우선으로 해야 하나?

이번 시즌 우승을 노리던 우리에게 강력한 제동이 걸리는 듯한 소리가 들려왔다.

14장. 예기치 않은 변화

프로게이머
PROGAMER

프로게이머
PROGAMER

14장. 예기치 않은 변화

갑작스러운 추가 패치 예고에 긴급 팀 회의가 열렸다.

정민석 코치가 팀 엔젤 선수들의 동의를 구했다.

"이건 나름 중요한 문제야. 지금까지 패턴과 다른 카이어의 패치 방향은 앞으로도 얼마든지 빠른 흐름으로 변할 수 있다는 뜻이나 다름없으니까. 한 팀이니 서로 도와야 한다고 생각한다. 너희 의견은 어때?"

팀 엔젤 선수들은 흔쾌히 고개를 끄덕였다.

"어차피 저희는 다음 경기 쉬운 팀이라 부담은 없어요. 다음에 비슷한 경우 생기면 팀 데몬이 도와주겠죠."

"당장 1주일 뒤에 패치가 적용된 시점에는 다시 한 번 내전으로 맞붙겠지만 이왕이면 동등한 입장에서 붙는 게

찝찝하지도 않고 좋아요."

팀 엔젤 선수들의 양해 덕분에 우리는 수월하게 기습 패치에 대한 문제를 해결할 수 있을 것 같았다.

내가 상황을 정리했다.

"그럼 팀 데몬은 일단 당장 코앞에 닥친 ST S와의 2차전에 집중 하겠습니다. 패치가 실시간 서버에 적용되면 팀 엔젤에서 연구해주시고 결과 나오면 공유하는 걸로 하시죠."

"좋아. 다들 이견 없지?"

극적인 대 타협이 이루어지고 선수들은 각자 연습실의 자리로 흩어졌다.

나는 정민석 코치와 남아 몇 가지 세부 사항을 더 다루었다.

"신 챔프 브라운은 무조건 서포터로 내려가는 게 맞아요. 각 팀 서포터 선수들에게 무조건 숙지시키는 게 좋고요."

"트롤 킹 카드는 어떻게 생각해? 솔직히 속이 좀 쓰리네. 너희 도와주고 이긴 건 뿌듯한데 결국 우리는 한 번도 써먹어보지 못하고 너프잖아."

"치명적이지는 않아요. 정글러 활용은 의미 없다고 생각하고요. 탑 상대가 퓨어 탱커라면 여전히 좋은 카드고 서포터로 내려가도 아직 손색 없어요."

"적당한 보상에 어울리는 너프라는 말이지?"

"일단은 패시브랑 궁극기를 건드린 게 아니니까요. 기둥을 남발하지 않고 적재적소에 쓰는 숙련도만 있으면 커버 가능한 수준이에요."

장민석 코치는 꼼꼼하게 받아 적으며 나의 의견을 적극적으로 들어 주었다.

본인도 내가 보여주는 조합이나 챔피언 기용에 남다른 면이 있다는 걸 인정하고 흡수하려고 노력하는 중이었다.

반대로 장민석 코치는 자신이 잘 하는 분야에 대한 의견을 내게도 건네주었다.

"그라카스는 이제 완전히 탑, 정글로 사용 가능한 수준이야. 유지력이 너무 좋고 궁극기 사거리가 길어지면서 변수 창출도 가능해."

"미리미리 연습해두길 정말 잘 했네요."

"당분간은 노라카 탑이나 미드 활용이 더 좋아질 것 같아. 브라운이 나오면 굳이 탑에서 탱킹 챔피언을 뽑지 않아도 된다는 게 내 생각이야."

장민석 코치와 의견을 나누는 시간은 나름 재미있었다.

서로 패치 방향이나 게임을 보는 관점이 워낙 달라 더 많은 의견을 공유할 수 있기에 발전적이었다.

한참이나 더 의견을 나눈 끝에 장민석 코치가 내게 말했다.

"2차전은 어떻게 나갈 생각이야?"

"아마도 트롤 킹을 밴 하거나 가져갈 것 같은 느낌이 자꾸

들어요. 선픽 주도권이 없는 경기에서 트롤 킹을 내주고 다시 카운터 치는 방법을 모색하고 있어요."

"간단하잖아? 탱커를 안 쓰면 돼."

"일단 탱커가 없으면 운영 난이도가 엄청나게 올라가니까요. 제 머리로는 된다고 해도 정작 팀원들이 따라주는 게 중요해서 이번에 그걸 좀 맞춰 봐야죠."

정민석 코치가 나를 보며 고개를 끄덕였다.

잠시 뭔가 생각하는 듯 하더니 담담한 목소리로 조언을 하나 해주었다.

"이만큼 톡톡 튀는 모습 보여줬으면 한 번 즈음 완전히 정석 픽에 정석 운영으로 나가도 나쁘지 않아. 오히려 다른 의도를 경계하다가 뒤통수를 맞을 수도 있거든."

"아…!"

"어쨌거나 너의 장점은 판을 읽고 운영하는 능력이잖아? 정석 픽 만큼 운영으로 강력함이 좌우되는 조합도 없다는 거 알잖아? 2차전도 이기고 올 거라 믿는다."

그 조언을 남기고 연습실로 돌아가는 장민석 코치의 뒷모습을 보며 큰 힘을 얻었다.

정석적인 조합과 운영을 보여주지 않았던 팀이 그쪽으로 끌고 갔을 때의 반전.

장민석은 그 키워드를 던져주고 진심으로 응원해주고 있었다.

꼬박 하룻밤을 ST S와의 2차전을 생각하며 대비책을 세우는 것에 쓰는 바람에 여간 피곤한 게 아니었다.

그래도 성과가 아예 없던 것은 아니라 한결 마음이 편했다.

분명 1차전의 패배 때문에라도 ST S는 훨씬 더 강한 결집력과 승부수를 가지고 2차전에 임할 것이 분명했다.

그 난관을 헤쳐나가려면 그에 걸맞는 대응을 보여야 했기에 이 정도 수고는 감수해야 했다.

경기를 하루 반나절 앞둔 이 시점부터 우리는 외부 팀과 잡혀 있던 모든 스크림 일정을 취소했다.

공개되지 않도록 극비리에 준비해야 할 일들이 있었다.

선수들은 내 의견을 잘 따라 주었다.

랜턴 아이템 업데이트 이후 처음으로 랜턴 정글러를 배제한 조합으로 연습이 이루어졌다.

주력 카드는 그라카스와 노라카.

충분히 심리전을 유도할 수 있고 정석 조합에 끼워 운영하기도 편한 챔피언들이었다.

그렇게 경기를 준비하는데 한 가지 문제점이 발견되었다.

"의외로 트롤 킹을 적이 가져가면 성가셔. 탱커를 사용하지 않더라도 충분히 성가신 카드라는 말이지…."

"인정. 탱커에게서 방어력과 마법 저항력을 훔치지 않고 궁극기 아무한테나 쓰더라도 트롤 킹 자체는 단단해지잖아? 유지력도 괴물이라 짤짤이로 어떻게 해보기는 힘들어."

"그럼 그냥 우리 밴 페이즈에 걸려도 잘라버리는 게 낫지 않을까? 이 정도 위력이면 걔들도 분명 욕심 낼 거야."

몇 번이나 팀 엔젤과 연습 중 탑 카드로 트롤 킹을 내주고 맞상대 해보는 시도를 했는데 생각보다 훨씬 남진호의 숙련도가 빠르게 올라와 성가신 카드로 변모했다.

기본적인 단단함과 유지력이 받쳐주는 챔피언이다 보니 막무가내로 밀고 들어오면 정상적인 한타 페이즈에서 결코 무시할 수 없었다.

그렇다고 운영을 돌리다 보면 트롤 킹이 솔로 라인으로 밀고 들어올 때 철거 속도가 어마어마하게 빨라 꼭 한 명의 인원이 배치가 되어야만 하는 번거로움도 있었다.

"룰루랄라, 노라카도 안 되면 경민이 형이 탑에서 잘 다룰 만한 챔피언이 별로 없는데 어떡하죠?"

"미안해. 원체 탱킹 챔피언 말고는 연습한 지가 너무 오래 돼서…."

"아니에요. 팀 상황에 서로서로 맞춰 가는 거죠."

한동안 이 문제점에 대한 답은 나오지 않았다.

경기 시작 직전까지 나는 고심에 고심을 거쳐 뾰족한 수를 내고야 말겠다는 각오를 다졌다.

◆

대망의 순간이 어김없이 다가왔다.

팬들이 이 날을 기다린 데에는 여러 가지 이유가 있었다.

여전히 최고의 자리를 두고 다투는 ST S와 팀 데몬의 2차전이 벌어지는 날이기도 하며 긴급 추가된 패치가 실시간 서버에 적용된 이후 대회에서 적용 전 마지막 경기였다.

이 경기만 지나가면 선수들이 새로운 패치에 적응해서 내놓는 답들을 볼 수 있는 것이다.

유저들은 선수들의 선택을 따라가는 경향이 짙었다.

이번 패치에 너프 당한 챔피언이 사장되고 또 다른 챔피언이 떠오르면 자연히 실시간 서버에서도 그 여파가 미친다.

이번 패치는 긴급으로 추가된 여러 패치가 혼합되어 있어 평소와 다르게 유저들의 적응도 쉽지 않았다.

그 때문에 답안지를 미리 보고 문제를 푸는 수월함을 느끼고자 하는 마음에 선수들의 선택이 기다려지는 것이다.

경기장은 일찍부터 꽉 들어차 있었고 선수들도 일찌감치 도착해 세팅을 다 마친 상태로 컨디션 조절을 하고 있었다.

방송 관계자들도 양 팀의 1차전에서 큰 임팩트가 나오지 않아 생각보다 뜨거운 후폭풍이 없던 것에 아쉬워하며 오늘의 대전에서 뭔가 터져주길 바라는 마음에 한 치의 실수가 없도록 점검에 만전을 기했다.

메인 PD 김진규가 분주한 스태프들이 오가는 경기장을 바라보며 혼잣말을 내뱉었다.

"아…. 정말로 아무나 이겨도 상관없으니까 경기 좀 쫄깃하게 해서 영상 좀 뽑아 줘라 제발…."

"네, 저희가 쫄깃하게 영상 잔뜩 만들어서 이겨드릴게요."

혼잣말에 느닷없이 날아온 답변을 보고 김진규는 화들짝 놀라 뒤를 돌았다.

팀 데몬의 플레잉 코치 권진욱이었다.

"아…. 그, 그래. 오늘 힘 내서 좋은 경기 해."

"감사합니다. PD님, 협회 심판분들 어디 계시는지 아세요?"

"다음 경기부터 적용되는 패치에 글로벌 밴 챔피언이 포함된다고 해서 숙지하러 올라갔어. 무슨 일 있어?"

"저희 로스터 처리 제대로 됐는지 확인하고 싶어서요."

"아…. 그거? 걱정 마. 아까 내가 다 확인 했어. 오늘 경기 진행하는데 아무런 문제없다고 들었다."

"그렇군요. 감사합니다."

권진욱은 문제 없다는 답변을 듣고 바로 대기실을 향해 돌아갔다.

김진규는 그의 뒷모습을 보면서 의문을 가졌다.

'오늘 경기에서 식스맨으로 등록한 신인을 쓸 생각인가?'

솔직하게 말하면 PD 입장에서 별로 바라는 바는 아니었다.

선수 교체 출전이야 사전에 협회 로스터에 등록하고 경기 전 상대 팀에 공지하는 과정까지 무리 없으면 언제든지 가능한 일이지만 이름도 모르는 쌩 신인 선수를 기용해서 사람들의 이목을 끄는 건 쉽지 않은 일이었다.

'설마…?'

신인 선수에 생각이 닿자 혹시 팀 데몬이 2차전에 패배하는 경우를 대비해 총알받이 겸 핑계거리로 신인 선수를 써먹을 생각은 아닌지 의심도 되었다.

"PD님, 뭘 그렇게 멀뚱히 서 계세요? 아직 시간도 많은데 좀 쉬시지."

혼자 심각하던 김진규의 뒤로 다가온 또 다른 누군가.

돌아보니 이형우 해설이었다.

김진규는 마침 잘 됐다는 듯 이형우에게 물었다.

"오늘 데몬 애들 신인 하나 등록한 거 알지?"

"아, 들었어요."

"그거 총알받이 쓰려는 거 아니야? 경기 또 김빠지게?"

"PD님도 참…. 진욱이가 그럴 애로 보여요? 별 걱정을 다 하시네…. 허허."

말도 안 된다는 듯 반응하는 이형우를 보며 김진규가 조금 더 구체적으로 닦달했다.

"아니…. 잘 생각해봐. 이번 경기에서 그림 좀 제대로 만들어볼 생각이었으면 쌩 신인 데려다 쓰겠냐고?"

"아직 쓸지 안 쓸지 모르잖아요?"

"그건 그렇지만…."

"베놈을 너무 띄엄띄엄 보시는 것 같으네 우리 PD님…. 저것도 심리전일 수 있어요. 몰라요? 진욱이 심리전이 어디까지 나갈지 예상이 되세요?"

"심리전?"

그제야 김진규는 머리가 팽팽 돌아가는 것 같았다.

"어쨌거나 로스터 등록 하려면 사전에 상대팀에게 고지해야 하니까 써먹든 안 써먹든 대비하도록 만드는 거란 말이지?"

"그럴 수도 있다는 거죠. 로스터 변경을 들었으면 ST S 입장에서는 무조건 조사해야 할 시간이 필요할 테니 그 시간만큼은 연습에 영향이 있었겠죠?"

"무서운 자식이네…."

"제가 누누이 말하잖아요? 물건 중의 물건이라고."

김진규와 이형우가 쿵떡쿵떡 떠드는 사이 어느덧 스탠바이에 들어가야 할 시간이 되었다.

마지막 점검이 끝나고 양 팀의 첫 경기에 출전할 선발 명단이 진행요원에게 전달되었다.

1경기 준비를 위해 상대 팀에게도, 규칙 검토를 위해 심판진에게도, 방송 프로필과 자막 삽입을 위해 운영진과 방송 관계자에게도 모두 전달되는 선발 명단이었다.

메인 PD 김진규도 당연히 명단을 받아 보았는데 심장이 덜컥 내려앉는 듯한 기분을 느낄 수밖에 없었다.

"야, 이거 뭐야? 진짜 이렇게 나온다는 거야?"

"예, 저도 한 번 더 확인 했는데 그 명단이 맞다고 합니다."

1경기에 출전하는 팀 데몬의 탑 라이너는 걱정했던 신인 선수의 이름이 적혀 있었다.

♦

김동진 해설과 이형우 해설이 새롭게 팀 데몬 로스터에 합류하고 이런 중요한 경기 선발로 나온 탑 라이너를 집중 조명했다.

"팀 데몬에 새로운 얼굴이 보이죠? 기존 탑 라이너 도경민 선수를 대신해 출전하게 된 강영식 선수입니다. 오늘 이 중요한 경기에서 데뷔전을 치르겠네요."

"아마추어 고수로 이미 유명세를 탔던 선수에요. 사실 로스터만 봤을 때는 누군지 전혀 알 수가 없었어요. 그런데 대기실에서 잠깐 확인한 결과 저 선택에 고개가 끄덕여집니다."

"그렇습니다. 볼매라는 닉네임을 사용하는 강영식 선수는 팀 데몬에 합류하기 전 만기제대라는 닉네임으로 이미 아마추어 탑 라이너 중 최고라는 평가를 받던 선수죠."

"올라크 장인으로는 최초로 챌린저 티어에 입성한 선수로 알려져 있고요. 대부분의 캐리형 챔피언을 잘 다루는 걸로 유명한데 과연 이 중요한 무대에서 그 힘을 발휘할 수 있을지 궁금해지네요."

"볼매라는 새로운 닉네임으로 데뷔하는 경기라서 참 기대가 됩니다."

카메라는 계속해서 첫 출전하는 강영식을 비췄다.

기존 탑 라이너 도경민을 평가하자면 무난하고 든든한 정도의 이미지를 떠올릴 수 있었다.

팬들은 정글러 안상규와 미드라이너 권진욱의 캐리력이 안정감 있는 탑, 바텀이 조율해주기에 뿜어져 나올 수 있다고 생각했다.

그 와중에 등장한, 그것도 이 중요한 경기에서 등장한 강영식을 보며 의아해했다.

당연히 그런 팬들의 분위기를 알기에 이형우 해설이 한마디를 덧붙였다.

"사실 신인 선수가 등장하려면 최소 이틀 전에 로스터 등록을 해야 하고 상대 팀이나 관계자들에게 그 사실이 공지가 되잖아요? 그래서 저는 이 로스터 추가 소식을 듣고 그렇게 생각했어요."

"어떻게 생각하셨죠?"

"이건 지략가 베놈의 전략일 수 있다…. 그런 생각이 들더라고요. 로스터 추가가 됐는데 상대 팀 입장에서 그 선수에 대해 조사하지 않을 수가 있겠습니까?"

"출전 가능성이 있다면 당연히 대비해야겠죠?"

"그 점을 노리고 팀 데몬 대비 연습에 조금이나마 부하를 주려는 생각이 아닐까 했습니다. 그런데…. 그 생각마저 뒤통수를 치고 이렇게 선발로 출전하네요."

두 해설의 대화를 듣고 나서야 팬들도 고개를 끄덕였다.

베놈 권진욱의 전략 전술의 끝은 어디일까?

이제는 그 끝을 가늠하려는 시도조차 포기해야 하지 않을까 싶을 정도였다.

설마, 설마 새로운 로스터 신인 선수로 심리전을 걸게 될줄이야 아무도 몰랐을 테니까.

"그럼, ST S와 팀 데몬의 2차전! 첫 번째 경기에서 볼매 선수가 얼마만큼의 활약을 보여줄 수 있을지…. 지금 확인하시죠!"

경기가 시작되고 밴픽 화면으로 넘어갔다.

"오늘 키 카드는 당연히 트롤 킹이겠죠?"

"그렇습니다. 양 팀 1차전에서 팀 데몬이 보여준 트롤 킹 카드가 지금 실시간 서버에서 선풍적인 인기를 끌고 있어요. 덩달아 다른 팀 선수들도 맹연습에 들어갔습니다."

"탱커 챔피언들이 판을 치는 지금 메타에 트롤 킹은 정말 예리한 방패라고 부를 수 있는 카드에요. 숨겨져 있던 꿀 챔프인 거죠."

"예리한 방패요?"

"그렇죠. 기본적으로 단단한데 궁극기를 쓰면 상대 탱커를 제 역할 못 하도록 만들거든요? 그러니 예리한 방패죠."

해설진이 트롤 킹 카드에 대한 중요성을 역설했고 팬들도 트롤 킹의 행방을 궁금해 했다.

"아무래도 이번 차례에 선픽은 ST S니까 팀 데몬 측에서 트롤 킹을 잘라버리지 않을까 싶네요."

"맞습니다. 장원영 선수가 탑 트롤 킹을 어마어마하게 연습했더라고요. 사실 트롤 킹이 서포터로 활용도가 높긴 한데 임정현 선수가 활용하기에는 최강진 선수를 잘 지켜

줄 수 있는 카드가 아니라서 ST S에서 가져간다면 탑입니
다.”

　해설진의 예상과 다르게 밴 카드가 하나씩 소모되고 있
는데 팀 데몬은 트롤 킹을 자를 생각이 없는 듯 보였다.

　“이제 마지막 밴 카드거든요? 트롤 킹 안 자르나요?”

　“안 자르면 무조건 ST S가 가져가는데요. 의아하죠?”

　“마지막 밴은 뭔가요?”

　팀 데몬의 마지막 선택은 라이진이었다.

팀 데몬

환술사, 라이진, 트레쉬.

ST S

리오나, 루시앙, 오리안나.

　나름대로 전략적인 밴이었다.

　팀 데몬에서는 브레이커 이상현이 가져가면 위험한 OP
카드와 비글 최강진의 파트너 만두 임정현의 주력 카드인
트레쉬를 잘라버렸다.

　ST S는 트레쉬가 잘리자 리오나를 자르며 1티어 서포터
를 함께 견제했고, 원딜 0티어 루시앙과 1차전에서 좋은 모
습을 보였던 베놈 권진욱의 오리안나를 잘랐다.

"ST S 입장에서는 오리안나를 자르면 브레이커에게는 룰루랄라가 있다…. 뭐 그런 의도인데요. 그런데 이게 의미가 있나요? 어차피 룰루랄라보다 트롤 킹을 먼저 가져갈 텐데."

"팀 데몬 밴도 의아하죠. 진짜로 트롤 킹을 열었습니다."

"선택하라는 겁니다. 너희 트롤 킹 가져갈래? 그럼 룰루랄라 우리가 가져올 거야. 브레이커 너 뭐 할 건데. 이렇게 묻는 겁니다. 지금."

"그럼 ST S가 대답하죠. 그래? 응, 가져가. 우리 그냥 트롤 킹 가져올게. 브레이커는 룰루랄라 없어도 할 거 많아."

예상대로 ST S가 트롤 킹을 가져가버렸다.

트롤 킹 픽이 확정되자 관중석에서 환호가 나왔다.

최근 가장 핫한 카드를 ST S에서 가져간 것에 대한 반응이기도 했고 1차전에서 당했던 카드로 복수전을 펼쳐주길 기대하는 반응이기도 했다.

팀 데몬은 곧장 룰루랄라를 가져가면서 연이어 수도승까지 빠르게 선택했다.

"트롤 킹 넘겨준 것이 자신 있는 결정이었다면 룰루랄라와 수도승을 가져간 건 정말 좋은 선택입니다."

"룰루랄라는 대표적인 전략 픽이죠? 탑, 미드, 서포터 어디로든 갈 수 있습니다. 그리고 수도승은 남은 정글러 중 가장 높은 티어의 정글러인 동시에 다들 아시겠지만 강영식 선수가 올라크로 갈아타기 전에 작년 시즌 수도승 장인이었습니다."

"맞습니다. 탑, 정글 어디로 갈지 몰라요."

"수도승이 탑으로 간다손 쳐도 탱커 수도승이 될지 극딜 수도승이 될지도 몰라요. 진짜 머리 아프겠네요."

"극딜로 가면 무조건 트롤 킹을 압살할 수 있습니다. 그런데 조합 상 버틸 수 있을까요?"

김동진 해설의 질문에 대한 답변은 곧바로 양 팀의 픽 화면에서 나왔다.

ST S는 트이치와 카우스타를 가져가며 바텀 듀오를 완성했다.

팀 데몬의 선택은 페인과 노라카였다.

"와아…. 팀 데몬 진짜 과감하네요. 그리고 영리합니다."

"페인 픽의 의미는 트롤 킹 탑으로 갈 거 알고 있었다는 겁니다. 사실 단단하기로 따지면 트롤 킹 만큼 단단한 챔피언 몇 없거든요? 그런데 단단한 챔피언 때려잡기는 페인이 제격이죠. 살살 녹이거든요."

"그리고 서포팅 라인이 완벽합니다. 룰루랄라와 노라카의 유지력, 거기에 더해 유틸 지원으로 다 커버하겠다는 거예요. 페인이 완전히 날뛸 수 있는 판이죠?"

"필요한 건 이제 하나죠. 원할 때 싸울 수 있는 강제 이니시만 있으면 됩니다."

룰루랄라, 수도승, 페인, 노라카.

페인을 제외한 세 개의 챔피언은 아직 어느 라인으로 갈지 확정도 안 된 상태였다.

그러나 그 자체만으로도 어느 정도 컨셉의 견적이 보였다.

노골적인 페인 지키기.

남은 한 자리의 챔피언 구성으로 다양한 컨셉의 무궁무진한 응용이 가능했다.

하드 마법 데미지 딜러를 기용해 밸런스 잡힌 딜링과 유지력 싸움으로 이끌어가는 방법이 보였다.

해설진의 말처럼 강제 이니시가 가능한 챔피언만 있다면 수도승과 함께 파고들어 어그로를 주고받으며 룰루랄라, 노라카의 지원 아래 페인이 정리하는 그림도 그릴 수 있었다.

ST S에서 확정된 트롤 킹, 트이치, 카우스타는 모두 라인까지 빤히 보이는 상황.

이제 남은 두 개의 픽 카드는 정글과 미드였다.

"안타까운 점은 선픽이 ST S였기 때문에 미드라인 카드를 보여줘야 한다는 점이네요."

"그렇죠. 팀 데몬은 모든 조합을 본 다음 마지막 픽을 가져갈 수 있어요."

결국 제한 시간이 흐르기에 고민을 거듭하던 ST S는 가장 자신 있는 카드를 가져갈 수밖에 없었다.

"결국 이블리와 카드술사를 가져가네요."

"참 ST S다운 그런 조합이죠? 탱, 딜 밸런스 잡혀 있고 CC기 준수하고 운영까지 가능하고 라인 클리어도 신경 써준 좋은 밸런스 조합입니다."

"그럼 이제 모든 카드를 확인한 팀 데몬의 마지막 픽은 뭘까요?"

"그라카스가 나오네요!"

팀 데몬은 마지막 픽으로 그라카스를 가져갔다.

2차전을 대비하며 리뉴얼된 그라카스를 조커 카드로 맹연습한 결과가 나올 차례였다.

팀 데몬

탑 - 수도승

정글 - 그라카스

미드 - 룰루랄라

원딜 - 페인

서포터 - 노라카

ST S

탑 - 트롤 킹

정글 - 이블리

미드 – 카드술사

원딜 – 트이치

서포터 – 카우스타

모든 라인의 스왑이 끝나 확정이 된 후 해설진의 입은 쉴 새 없이 움직였다.

마지막까지 어떤 챔피언이 어떤 라인으로 갈지 알 수 없던 팀 데몬의 조합 때문이었는데 모든 게 확정되고 나니 자연스럽게 고개가 끄덕여졌다.

"팀 데몬은 정말 대단한 팀이라고밖에 생각이 안 드네요. 이 중요한 경기에서 신인 선수 기용하는 순간부터 모든 것이 계획대로였던 거죠."

"그렇습니다. 탑 라인 수도승으로 명성을 떨친 신인을 기용해서 트롤 킹을 내주고 맞상대 하도록 유도한 다음 라인전이 매우 힘든 페인을 보좌하기 위해 노라카 카드를 서포터로 보내면서 그라가스, 룰루랄라로 완벽한 CC, 유틸, 이니시까지 가져갔습니다."

서로 완벽하게 지금까지 보여준 색깔이 듬뿍 묻어나는 조합이었다.

완벽한 밸런스로 안정감이 돋보이는 ST S.

톡톡 튀는 개성으로 밸런스를 갖춘 팀 데몬.

양 팀의 2차전 첫 번째 경기에 모든 이들이 집중했다.

먼저 만기제대 강영식에게 도움을 청하는 손길을 내밀었
을 때 그의 대답이 아직도 머릿속에 맴돌았다.

　　'제가 제일 잘 하는 게 탱커 때려잡는 겁니다. 그 재미로
로크 하는 걸요?'

　　볼매라는 아이디로 우리 팀에 합류해준 강영식은 데뷔
경기부터 본인의 발언을 책임지듯 유감없이 실력을 보여주
었다.

[적을 처치했습니다!]

　　"나이스! 강영식!"

　　"2레벨 타이밍에 솔로 킬? 데뷔전인데 좀 떨고 그래라!"

　　"공식전 첫 킬 축하해!"

　　강영식은 라인전이 시작됨과 동시에 전투병을 사이에 두
고 딜 교환을 나누더니 먼저 2레벨을 찍는 타이밍에 맞춰
트롤 킹을 잡아버렸다.

　　ST S가 핵심 카드라고 생각했기에 가장 먼저 가져간 트
롤 킹이 시작하면서 1데스를 기록하는 바람에 초반 분위기
는 우리 손으로 넘어왔다.

　　"트롤 킹 텔레포트 빠졌습니다."

비록 너무 극 초반에 가져온 킬 포인트라 아주 큰 이득을 가져오지는 못했으나 텔레포트가 빠진 타이밍에 우리의 주도권으로 다른 이득을 가져올 조그마한 스노우 볼을 얻었다.

"상규야, 탑 텔 돌기 전, 카드술사 6레벨 전 타이밍으로 바텀 동선 돌아."

"오케이."

이제 보여줄 차례다.

우리가 이번 2차전에서 ST S를 잡아내기 위해 밤잠을 줄여가며 갈고닦은 실력을.

트롤 킹 카드와 강영식의 기용은 그 시작일 뿐이었다.

상규는 역시 영리하게 동선을 짜고 최적의 타이밍에 바텀 라인으로 진격했다.

물론, 중간에 본진까지 들러 골드를 모두 사용해 아이템까지 맞추는 신중함도 보였다.

"라인 밀고 내려갈게 와드 체크."

"오케이."

브레이커의 카드술사도 라인 클리어가 좋은 편이지만 룰루랄라는 같은 타이밍에 라인을 밀어도 기동력이 좋아 먼저 바텀으로 내려갈 수 있기에 빠르게 스킬을 부었다.

"바텀 협곡에 와드 없어."

"삼거리 잡고 돌아서 가자."

내가 바텀 방향으로 내려가는 모션을 보이자 라인을 당겨서 얼리려던 브레이커도 급히 빨간 카드와 스킬을 이용해 라인을 밀었다.

"탑 텔레포트 아직이고 미드도 6레벨 전이다. 바텀 싸움열고 우리 탑은 텔 타자."

"냄새 나니까 이블리도 바텀에 있을 거야 안 보이니까주의하고 들어간다!"

정교한 계산으로 노린 타이밍.

자그마한 스노우 볼을 크게 굴려 몸집을 불릴 수 있는 바로 그런 타이밍이었다.

페인이 저돌적으로 달려들었고 카우스타가 그런 페인을덮쳤다.

"카우스타 스킬 빠졌어!"

노라카의 힐 스킬로 한 턴을 버텨낸 페인은 카이팅 하며포지션을 잡았고 그 사이에 뒤를 잡은 상규와 내가 바텀 라인을 급습했다.

단독 경험치를 먹는 미드라이너가 6레벨 되기 전 타이밍이었으니 당연히 바텀에서 마주친 모든 챔피언이 궁극기가없는 상태였다.

그 때문에 스킬이 먼저 빠진 챔피언은 다시 재사용대기시간이 돌아오기까지 깡통이나 마찬가지인 상황.

"카우스타 무시하고 트이치 먼저 점사!"

최강진의 트이치는 우리를 보자마자 은신 상태에 들어가려 했지만 기가 막힌 타이밍에 정남규의 노라카가 침묵 스킬을 먹이면서 먼저 점멸로 빠지지 않은 선택을 후회하도록 만들었다.

"나이스!"

아주 잠시 아무것도 못하게 된 트이치는 나의 변이 스킬과 딜링, 상규의 그라카스 연계기를 맞고 터져버렸다.

[적을 처치했습니다!]

바로 그 순간 안정적인 포지션에서 기회를 엿보던 원딜러 박명건의 슈퍼 플레이가 터져 나왔다.

팟!

어떻게든 타워로 도망가려는 카우스타의 뒤쪽으로 점멸을 타서 선고 스킬로 반대 라인을 향해 밀어낸 덕에 다시 한 번 집중 딜을 넣을 수 있는 타이밍이 나왔다.

그리고 마침 그 순간 이블리와 카드술사가 나타났다.

"카우스타 잡고 빠지자!"

가장 전열에서 이블리와 카드술사의 딜을 받아내는 상규의 그라카스에게 노라카의 힐이 집중 되었고 페인의 힐 스펠까지 들어가며 성공적으로 카우스타를 잡아냈다.

[적을 처치했습니다!]

[더블 킬!]

오늘 우리 조합의 핵심인 페인이 바텀 로밍, 갱킹 타이밍에 더블 킬을 기록하며 기세를 타고 있었는데 그라카스의 아슬아슬한 체력에 일방적인 손해로 상황을 끝내면 안 된다는 강박 때문인지 브레이커의 카드술사가 노란 카드를 던졌다.

그 순간 이블리가 달려들었다.

그라카스가 다운되기 직전 내가 쉴드를 걸어 주었고 탑라인에서 상황을 지켜보던 강영식의 목소리와 함께 텔레포트 스펠이 사용되었다.

[아군이 당했습니다!]

아슬아슬한 타이밍을 버티지 못한 그라카스가 다운되었지만 이블리와 카드술사의 뒤로 순간이동에 성공한 수도승이 와드 방호로 거리를 좁히더니 점멸을 활용해 각도를 쟀다.

그리고.

이-쿠!

한 타이밍을 더 탑에서 경험치를 먹고 상황을 지켜본데다가 솔로 킬의 경험치까지 더해 가장 먼저 6레벨을 찍은 강영식의 수도승은 자로 잰 듯한 궁극기 활용으로 카드술사와 이블리를 동시에 적중시켰다.

"카드술사 점사!"

다시 재사용대기시간이 돈 타이밍이라 노라카의 침묵과 나의 변이 스킬이 카드술사에게 들어가고 수도승의 폭딜까지 겹쳐져 킬 포인트를 가져올 수 있었다.

[적을 처치했습니다!]

이제 남은 건 이블리 뿐.

엄청난 빅 웨이브가 바텀 라인으로 몰려 들어갔지만 이블리는 포탑을 안고 버틸 수 없었다.

4:1 상황에 버티는 건 다이브 당해 죽기만을 기다리는 것과 같았다.

"이블리 빠지니까 포탑 밀고 용 챙기죠."

"좋아. 좋아."

우리는 빠르게 포탑을 정리했다.

다시 부활한 상규의 그라카스는 자연스럽게 탑 라인 커버를 위해 올라갔다.

트롤 킹이 텔레포트 활용을 못 하는 타이밍이라 라인을 계속 밀고 있었고 철거 속도가 제법 나왔기에 적절한 커버였다.

바텀 포탑을 파괴한 다음 곧장 용 서식지로 올라가 용을
사냥했다.

혹여 살아 돌아간 이블리가 갑자기 나타나 강타 스펠로
용을 스틸하지 않을까 보초도 확실히 섰다.

덕분에 스틸 없이 용 사냥까지 성공했다.

"나이스! 이득 많이 굴렸어."

스노우 볼을 굴리는 단 한 번의 움직임.

그 결과로 순식간에 벌어진 격차가 어마어마했다.

단순 포인트만 계산해도 3킬 900골드에 어시스트 포함
1100골드 가량, 포탑 1인당 150골드 총 750골드, 용 사냥
포상금이 1인당 150골드니 750골드였다.

단순 계산만 3500골드의 차이가 났고 마지막 일격 추가
골드나 적이 죽어서 먹지 못한 CS 골드와 경험치까지 합산
하면 팀 격차가 가장 비싼 코어 아이템 한 개 이상으로 벌
어진 것이었다.

코어 아이템의 차이는 당연히 전투력의 차이로 벌어지게
되고 우리가 무리하지 않는 이상 앞으로의 주도권은 계속
우리에게 있을 거란 말이었다.

"이거 운영으로 끌고 가면 좋은데 카드술사 있어서 좀
변수가 많아."

"그럼 그냥 오브젝트 위주 힘 싸움으로 가자. 적당히 포
탑 내주고 한 방에 잡아먹으면 될 것 같다."

"오케이."

이제는 제법 팀원들도 운영에 익숙해져 많은 설명이 없어도 마음이 통했다.

원체 실력 좋았던 강영식도 눈치껏 흐름에 따르는 것은 어렵지 않게 해냈다.

우리는 적당히 내어 줄 것은 내어주는 형식으로 1차 포탑을 전부 정리했다.

카드술사의 존재는 궁극기를 들고 있는 것만으로 위협적이었다.

"상단 정글 시야 작업 할 거니까 미드에서 대치 좀."

"오케이."

상단 시야 작업이 끝나면 우리는 크래셔를 두고 여러 전략을 펼칠 수 있었다.

빠르게 버스트 해서 크래셔를 먹고 상대 진영으로 밀고 들어가는 방법도 있었고 적의 시야가 없는 점을 활용해 낚시 플레이를 할 수도 있었다.

◆

도대체 ST S가 이렇게 일방적으로 두드려 맞는 경기를 본 게 언제인지 해설진도 팬들도 기억하지 못했다.

"팀 데몬이 한 번 잡은 주도권을 절대 놓으려 하지 않아요.

진짜 견고하게 동선들이 맞물려 가고 있습니다."

"일단 ST S 입장에서 다행인 것은 텔레포트와 카드술사 궁극기로 두 번의 기회를 버틸 수 있다는 점인데요. 팀 데몬이 어떤 움직임을 취할까요?"

팀 데몬은 곧장 크래셔 사냥을 시작했다.

제법 속도는 빨랐지만 순간 카드술사의 궁극기가 발동되면서 모든 시야가 밝혀졌다.

"ST S, 크래셔 주면 진다는 걸 알기에 바로 크래셔 둥지 주변 소환 당하죠!"

"운영하지 마라. 올라와라. 이런 움직임이었는데요."

그 순간.

"아아! 그라카스 배치기 점멸!"

미스터 큐의 그라카스가 사정거리 안에 들어온 클라우트의 트롤 킹을 보자마자 과감하게 배치기 점멸로 들어가더니 궁극기 술통 폭발로 아군의 한 가운데다 던져버렸다.

의외의 움직임이었다.

대개 그라카스의 CC기와 궁극기 연계는 적의 주요 딜러를 향해 활용하는 편이 많았는데 메인 탱커를 끌어 오는 선택은 굉장히 리스크가 커 보였다.

그러나 직관적인 견적을 내는 것에 통달한 이형우 해설은 그 의도를 정확하게 파악했다.

"끌어들이는 겁니다! 탱커가 끌렸으니까 딜러들이 도망가지 않고 합류하는 걸 노리는 거예요!"

순간적으로 모두가 그것이 정답이었다는 걸 깨달았다.

만에 하나 트이치나 카드술사가 딸려 들어갔다면 과감하게 버리고 전열을 다듬었을 테지만 트롤 킹이 끌려 들어가니 곧장 지원 사격을 위해 붙어 주며 교전이 벌어졌다.

"전열을 흩트리는 스킬이 그라카스만 있는 게 아닌데요!"

다시 한 번 이형우 해설의 목소리가 끝남과 동시에 탱킹과 딜링 밸런스를 고려한 템 트리를 완성한 수도승이 적 딜러진 한 가운데로 파고들었다.

이어지는 연계기!

크게! 크게!

이-쿠!

궁극기를 사용하고 광역 딜링을 준비하던 트이치가 에어본 당하자마자 팀 데몬의 전열 한 가운데로 배달이 되었다.

연약한 트이치의 맷집으로 순간적인 일점사 딜을 버텨낼 재간이 없었다.

트이치를 어떻게든 지켜 보려고 달려든 카우스타까지 포위 당하며 총체적 난국에 빠진 ST S!

"ST S! 빠져야죠! 카드술사 딜로 5:4한타는 어림도 없어요! 트롤 킹, 이블리, 카우스타로 딜 안 나와요!"

"팀 데몬 집요하게 추격합니다! 수도승과 그라카스 체력 상황이 순간적으로 안 좋았지만 노라카의 궁극기로 원상복구 되었죠? 너무 깔끔하게 졌는데요?"

팀 데몬의 조합이 소위 말하는 추노 상황에 의외로 엄청난 강점을 지니고 있었다.

수도승이야 말할 것도 없는 기동성의 왕이고 그라카스역시 준수한 이동기를 지니고 있었다.

심지어 이 둘을 룰루랄라가 이동속도 버프로 서포팅했고 원딜러 페인도 패시브 덕분에 적을 향해 달려갈 때 상당한 이동속도를 보여줬다.

어떻게든 아군을 살려보기 위해 트롤 킹이 '나를 죽여라!' 외치듯 적진에 남았지만 잘 성장한 것도 아니라 탱커 잡는 귀신 페인의 딜을 버텨낼 재간이 없었다.

결국 집요한 추격전 끝에 겨우 목숨을 살려 본진으로 도망치는데 성공한 것은 브레이커의 카드술사밖에 없었다.

"잔인합니다…. 잔인해요! 크래셔 주변을 점거하고 있는데 ST S입장에서 견제 안 할 수가 있나요? 먹히면 그대로 밀리거든요…."

"이건 정말로 팀 데몬이 날카로웠다고 밖에는 설명할 방법이 없겠네요."

"밀립니다. 천하의 브레이커라 할지라도 혼자서 막아 낼 재간이 없습니다."

"넥서스 파괴됩니다. GG!"

일방적으로 끝난 첫 번째 경기에 팬들은 차마 자리도 뜨지 못하고 벙벙한 얼굴로 관중석을 지켰다.

온라인 반응도 마찬가지였다.

[1차전이랑 왜 다르지?]

[탑 라이너 바뀐 걸로 설명하기에는 좀….]

[고작 3일 사이에 이 정도로 실력 차이가 생겼다고?]

[텔레포트랑 카드술사 들고 있었으면 운영 주도권은 ST S가 쥐고 있어야 하는 거 아님?]

[트롤 킹 들고 트롤 해버린 클라우트 클라쓰 ㄷㄷ]

[2차전이라 ST S 복수의 칼날을 기대했는데 허망st.]

[팀 데몬 퇴장할 때 선수들 표정에 여유 본 사람?]

모두가 충격에 빠진 가운데 두 번째 세트 시작 시간이 다가오고 다시 부스로 들어서는 선수단을 보며 몇몇 팬들이 고개를 절레절레 저었다.

이번에 팀 데몬의 탑 라이너로 출전하는 선수는 기존의 탑 라이너인 도경민이었다.

팀 데몬은 변화무쌍 그 자체였다.

교체 선수에 대한 정보를 알리며 김동진 해설이 말했다.

"현 메타 자체를 카운터 칠 수 있는 사기 카드라 불리는 트롤 킹을 팀 데몬이 다시 한 번 카운터 쳤거든요? 이번에는 선픽 주도권이 있으니 도경민 선수가 나왔겠죠?"

"그렇습니다. 트롤 킹 살면 가져가겠다는 의지를 선수기용으로 보여주네요. 참 재미있습니다."

"그런데 카운터 카드를 직접 보여주고 가져간다는 게 또 리스크가 있거든요? 이번 밴픽도 진짜 재미있겠네요."

ST S라고 이미 확인한 카운터를 쓰지 못하리란 법이 없었다.

서로 어떤 생각을 품고 있는지 모르기에 팬들은 그저 밴픽이 빨리 시작되길 바랐다.

그리고 데뷔전 솔로 킬과 좋은 플레이로 MVP에 선정된 볼매 강영식의 발표가 끝나고 밴픽이 시작되었다.

트롤 킹 카드는 여전히 핵심이었다.

이번 턴에 ST S가 자르지 않으면 무조건 우리가 가져올 수 있었다.

잘라도 상관없었다.

이번에 우리가 준비한 전략은 아주 간단했다.

정석적인 밸런스 운영 조합.

장민석 코치의 조언과 함께 시작된 나의 계획이었다.

절대 정석 픽을 하지 않을 것 같은 팀이 정석 픽을 하면 그것 또한 반전이라는 데에서 시작된 발상.

거기에서 시작된 나의 작전이 여기에 다다랐다.

이 작전의 연막과 동시에 적이 가져갈 트롤 킹을 카운터 치기 위해 캐리력 있는 강영식을 첫 경기에 기용했다.

이번 세트에서 다시 도경민을 기용해 트롤 킹 카드로 시선을 집중시킨 다음 우리는 무난한 조합을 완성할 계획이었다.

아마 밴픽 페이즈가 진행되는 내내 ST S는 머리가 터져 나가도록 굴리고 굴릴 터였다.

도대체 무슨 수작이지?

어떤 깜짝 픽을 가져가려는 거지?

아니면 다시 랜턴 정글러를 쓰려는 걸까?

바텀 파괴 조합?

라인 스왑 운영?

그 수많은 의문을 던져주고 우리는 평화롭게 마인드 컨트롤 하며 자그마한 스노우 볼을 얻기 위해 노력하면 된다.

결국 스노우 볼을 손에 쥘 수 있다면 나는 그 누구보다 크게 굴릴 작정이다.

♦

모두가 혼란스러워했다.

"김동진 해설께서는 거의 밴픽 맞추기 달인이시잖아요?"

"아니…. 전혀 아니고요…. 설사 진짜 밴픽 맞추기 달인이 있다고 해도 지금 팀 데몬의 의도를 읽을 수 있을까요?"

"일단 저는 모르겠습니다. 죄송합니다."

"저도 죄송합니다."

언뜻 해설진의 본분을 잊은 듯한 발언이라 경솔하다고 할 수 있었으나 워낙 벌어지는 상황이 혼란하니 팬들도 웃음으로 답했다.

ST S는 안정적으로 트롤 킹을 자르며 밴 카드를 썼다.

아무래도 클라우트 장원영의 특기가 단단하게 버텨주는 플레이다 보니 내줄 수가 없기에 불가피한 선택이었다.

해설진도, 팬들도 맞출 수 있었던 것은 딱 거기까지였다.

밴 페이즈에서 양 팀이 자른 카드들은 무난했다.

팀 데몬이 환술사, 라이진, 트레쉬를 자르며 1세트와 같은 선택을 보여줬다.

ST S가 트롤 킹, 루시앙, 리오나를 자르면서 트롤 킹 카드를 견제했다. 그렇게 밴 페이즈 이후 서로 챔피언을 나눠가는 과정에서 팀 데몬의 선택에는 거침이 없었다.

제일 먼저 남은 서포터 카드 중 활용도 높은 카우스타를 가져가더니 룰루랄라와 오리안나를 한 번에 가져가는 ST S의 과감한 선택에도 아랑곳하지 않고 노라카와 트이치를 빠르게 선택하며 흔들림 없는 모습을 보여주었다.

이때까지만 해도 모두가 ST S의 밴픽 압승을 예상했다.

룰루랄라와 오리안나를 동시에 빼앗긴 게 큰 타격이었다.

서로 맞 라인 상대로 자주 나오는 균형 잡힌 미드라이너 챔피언이라 팀 데몬에게 손해라는 판단이 있었다.

그러나 좋은 선택을 하고도 ST S가 머뭇거렸다.

"의아한 겁니다. 오리안나와 룰루랄라를 빼앗겼는데 팀 데몬이 너무 평화롭거든요. 무슨 의도인가 고민하는 겁니다."

"어차피 오리안나 미드, 룰루랄라 서포터 확정이다. 그러니까 그냥 맞춰가면 된다. 이런 마인드는 일반 팀들에게나 통용되는 거잖아요? 팀 데몬이 그렇게 가겠습니까?"

"그렇죠. 그게 아니니까 ST S가 스스로 제동을 건 겁니다. 이거 뭔가 이상하다…. 느낀 거죠."

모두가 같은 고민에 빠졌다.

도대체 팀 데몬은 또 무엇을 노리고 있는 걸까?

그런 생각의 수로화가 시작되며 혼란이 빚어졌다.

팀 데몬은 반드시 뭔가 노림수를 품고 있다.

이 전제조건 하나가 만들어낸 수로화.

결국, 선택 제한 시간이 다 닥쳐서야 ST S가 겨우 챔피언 하나를 선택했다.

어떤 챔피언을 상대로 하던 무난하게 버틸 수 있는, 그러나 주도권을 쥘 수는 없는 닥터문도.

적의 노림수를 알 수 없으니 자연스럽게 수비적인 성향의 픽으로 갈 수밖에 없었다.

다른 한 자리는 정글러의 것이었다.

거미여왕을 가져가며 이번에도 어떤 챔피언을 상대로 하던 무난한 싸움을 가겠다는 의지를 보였다.

마지막 픽 순서에서 팀 데몬은 고민의 흔적도 찾아볼 수 없을 만큼 빠르게 두 자리를 채워 조합을 완성했다.

카드술사와 수도승.

픽이 완성되며 해설진의 목소리가 순간 멎었다.

뭔가 숨기고 있던 깜짝 카드가 있지 않을까?

아니면 허를 찔러 풀려 있는 랜턴 정글러를 활용하지 않을까?

이 모든 의문을 일그러뜨리는 선택이었다.

"이게…. 그러니까 어떻게 되는 거죠? 탑에 노라카를 올리고 정글 수도승에 미드 카드술사, 트이치와 카우스타 바텀 듀오가 맞는 건가요?"

"팀 데몬 픽이라고 하기에는 색이 너무 밋밋한데요? 노라카 탑 카드야 벌써 공식 경기에 몇 번이나 얼굴을 비춰서 신선하지도 않아요. 다른 팀들도 많이 쓰고 있고요."

마지막으로 챔피언 하나를 선택해 조합을 완성해야 하는 ST S는 여전히 신중했다.

닥터문도, 거미여왕, 오리안나, 룰루랄라.

남은 한 자리는 원거리 딜러였다.

그나마 거미여왕을 제외하면 전부 수동적인 챔피언들이었기에 룰루랄라의 지원을 받아 캐리력을 폭발시킬 수 있는 원거리 딜러가 필요했다.

하필 자신들의 손으로 루시앙을 잘라버린 터라 선택지가 몇 없었다.

"제가 보기에는 애시가 제일 괜찮아 보이는데요?"

"맞습니다. 페인이나 샤비르, 코그마 모두 룰루랄라와 잘 어울리지만 수동적인 상태로 성장을 지향해야 하는 챔피언들이라 시간이 오래 걸리기에 피하는 게 맞고요. 이즈는 살짝 룰루랄라와의 시너지는 기대하기 힘들죠."

"일단 이동기 있는 챔피언 하면 최강진 선수 언제 던질지 모르거든요? 애시가 딱 좋아요."

관중석에서 또 한바탕 폭소가 터졌다.

역시나 밴픽의 달인이라는 명성이 허명이 아닌 듯 김동진의 예상은 정확하게 들어 맞았다.

"네, 결국 애시를 가져가네요."

"양 팀 조합을 비교해 보자면 딱히 특이점을 꼬집을 수가 없어요. 무난하죠?"

"그게 가장 이해가 안 되는 부분입니다. 무난한 조합 간의 싸움은 리그에서 수십 경기가 열리거든요. 그런데 지금껏 그 경기들 중 팀 데몬의 명단은 없었어요."

"과연…. 경기 내용도 무난할지는 지켜봐야 알겠죠? 함께 보시죠."

경기가 시작되고 초반 라인전, 정글러의 정글링까지 모든 것이 무난한 정석으로 흘러갔다.

팀 데몬
탑 – 노라카
정글 – 수도승
미드 – 카드술사
원딜 – 트이치
서포터 – 카우스타

ST S
탑 – 닥터문도
정글 – 거미여왕
미드 – 오리안나
원딜 – 애시
서포터 – 룰루랄라

서로 탑과 서포터의 역할만 조금 바뀌었을 뿐 적절히 밸런스가 잘 잡혀있는 좋은 조합이었다.

게다가 카우스타를 가져간 팀 데몬은 인베이드에서 어마

어마한 위력을 보여줄 수 있는 조합이기도 했다.

"무조건 인베이드 한 번 노려보나 싶었는데 그것도 아니네요? 정말 이렇게 무난하게 갈까요?"

"그럴 거면 카드술사를 고르지 않았겠죠? 아마 6레벨 타이밍에 또 뭔가 노릴 것 같습니다."

팬들도 해설진의 의견에 동조했다.

팀 데몬이라면 분명히 무난한 조합 가운데 또 뭔가를 숨기고 있는 거라 기대했다.

어느새 숙적이 되어버린 ST S도 상대가 팀 데몬이라는 것을 충분히 인지하며 평소보다 더 많은 와드를 구매해 꼼꼼히 시야를 밝혔다.

원거리 딜러가 와드와 영구와드 두 개를 라인전 단계에 구매하는 모습부터 파격적이었다.

반면에 팀 데몬은 완전히 배짱 싸움을 유도했다.

탑 라이너의 유지력이야 노라카니 말할 것도 없었다.

정글러는 수도승이라 무한한 정글링이 가능했다.

미드라이너 카드술사 역시 자체 마나 수급이 가능하며 바텀 듀오는 카우스타의 힐 스킬이 유지력에 큰 도움을 줬다.

그 덕분에 와드에 영구와드까지 구매하는 각 선수들과 반대로 귀환 타이밍에 물약 일체를 구매하지 않고 잔돈까지 싹싹 긁어모아 모두 아이템에 투자했다.

이런 현상을 가장 먼저 발견한 김동진 해설은 너무나도 사소한 차이가 아닐까 싶었지만 그래도 짚고 넘어가야 한다는 생각이 들었다.

워낙 평범해서 무난하고 지루한 라인전이 지속되기에 이야깃거리를 찾아야했다.

"와드를 ST S가 일방적으로 구매하면서 시야 싸움에서는 비교가 안 되는데요?"

"팀 데몬은 물약도 안 사고 플레이 하고 있습니다. 거의 CS 먹는 기계로 빙의한 수준이에요."

"그런데 이게 와드 몇 개 사는 정도 차이로 뭔가 벌어질까요? 오히려 시야 주도권이 ST S에게 있어서 팀 데몬이 불리할 것 같은데요?"

"저는 반대로 생각합니다. 애초에 카드술사를 픽한 순간, 시야 주도권은 팀 데몬에게 있었죠. 배짱 부릴 수 있는 이유입니다. 스타 시절로 치면 일꾼 배짱 엄청 째고 시작한 거거든요. 그리고 팀 데몬은 이미 전력이 있습니다."

"전력이요?"

"엄밀히 말하면 팀 데몬이 아니라 베놈 선수에게 전력이 있는 거죠. 마스터 리그에서 거함 T1을 격파할 때 어떤 전술을 보여줬죠?"

"아…!"

모두가 떠올렸다.

40분이 넘는 게임을 진행하며 단 한 번의 교전도 없이 모든 것을 내주며 버티고 버티던 피닉스 스톰의 모습을.

세상 그렇게 지루한 게임이 또 있을까 싶었지만 그 모든 것이 최강진을 노린 단 한 번의 던지는 플레이를 겨냥한 전략이었음이 밝혀졌을 때 모두 전율했다.

설마, 오늘 또 다시 그 때의 전략을 보여주려는 걸까?

곧장 김동진 해설이 반론을 제시했다.

"그렇다고 하기에 오늘의 조합은 별로 좋지 않아요. 애시는 이니시 주도권을 쥔 데다가 이동기가 없는 챔피언이라 절대 그때처럼 무리한 플레이가 안 나올 거거든요."

"그 이니시 주도권을 쥐고 있는 게 문젭니다."

"아아…! 카드술사!"

"카드술사가 있는 이상 ST S는 맵의 그 어느 곳에서도 함부로 싸움을 열 수가 없어요. 이니시 주도권을 쥐고 있는데 사용할 수가 없는 거죠."

이형우 해설은 아주 진지한 목소리로 재미있는 말을 뱉었다.

"어쩌면 이번 게임이 끝날 때까지 카드술사의 궁극기가 한 번도 발동하지 않을 수도 있어요."

"그렇게까지 극단적으로요?"

"궁극기를 들고 있는 것만으로 ST S에게는 부담이 될 거고 운영 주도권을 틀어잡은 채 놓지 않을 수 있거든요."

모두가 고개를 끄덕였다.

만에 하나 바텀에 ST S가 전부 모여 팀 데몬의 정글러를 포함한 5:3 교전을 일으킨다고 해도 카드술사의 궁극기와 노라카의 궁극기가 활용되면 어떤 변수가 생길지 알 수 없었다.

고수가 고수를 상대하는 방법.

서로의 한 수를 유도한 다음 유려하게 흘리며 역습을 가하는 것이다.

ST S가 팀 데몬을 대하는 자세가 바로 그러했다.

그러나 이 모든 이들의 예상이 깨지는 데에는 불과 5분도 채 걸리지 않았다.

무난한 흐름 가운데 라인을 재빨리 밀고 본진으로 귀환했던 카드술사가 약간 아래 방향으로 동선을 잡는가 싶더니 먼저 움직인 수도승과 함께 궁극기를 활용해 바텀을 급습했다.

당연히 애시의 수정 화살이 쏘아졌고 위기를 넘기는가 싶었는데 어이없는 상황이 발생했다.

"카드술사에게 적중한 수정화살!"

"그러나 바로 풀려버립니다!"

"아아! 시야의 돌도 사지 않고, 심지어 물약조차 사지 않고 곧바로 도가니 아이템을 구매한 카우스타의 아이템이 완성된 칼 타이밍을 노린 플레이!"

팀 데몬이 먼저 움직일 거란 예상을 하지 못했던, 이니시 주도권은 무조건 자신들의 것이라 믿었던 ST S는 한 순간의 타이밍으로 허를 찔리고 말았다.

카드술사의 노란색 카드가 애시에게 적중하며 교전이 벌어졌다.

우리는 아무것도 노리지 않았다.

그저 너무 흔해 빠져 몸에 기계처럼 익어버린 정석적인 그런 플레이만을 따라갔다.

이 로크 판에 그런 이야기가 있다.

정석 픽으로 압도하는 ST S 스타일이 정파.

정석 운영 조합을 피하고 전략적 수단을 쓰는 우리 스타일이 사파라고.

어느 정도 공감하는 말이기는 하다.

그러나 사파 스타일은 아주 예전부터 있어왔다.

그리고 늘 성적은 좋지 않았다.

그래서 사파라 불렸다.

나는 사파를 최대한 정파와 같은 승률로 이끌어 나갈 방법을 고민했다. 고민 끝에 도달한 결과는 변칙적인 플레이를 사용하고 싶다면 기본적인 플레이가 가능해야 한다는 것이다.

퓨어 탱커의 기본형 챔피언을 섭렵해야 사파 스타일의

변칙적 챔피언을 다룰 수 있다.

보조계열 서포터의 기본형 챔피언을 섭렵해야 사파 스타일의 딜링 서포터를 다룰 수 있다는 것이 내 결론이었다.

이게 사파 조합의 기본이다.

정파는 이 기본 단계를 섭렵하고 비슷한 컨셉의 여러 챔피언을 정석화 시키는 훈련을 한다.

그러니까 기본을 섭렵해야 사파로 발전하든 정파로 발전하든 할 수 있는 것이다.

적어도 프로 레벨에서는 기본 섭렵이 따라와야 한다.

우리가 갑작스럽게 정석 조합으로 정석 운영을 할 수 있는 기반은 바로 여기에 있었다.

애초에 기본을 섭렵해 뒀으니 조금씩 변칙적인 픽을 섞어가며 지금의 색깔을 완성할 수 있었다.

아무것도 노리지 않고 몸에 박힌 플레이의 흐름을 따라가는 건 그래서 쉬웠다.

아주 정석적인 타이밍에 아이템이 빨리 나온 이점을 살려 바텀 다이브 플레이를 하고 깔끔한 두 개의 킬 포인트를 가져왔다.

그 과정에서 ST S는 발 빠른 대처를 보여주지 못했다.

"쟤네 왜 저렇게 삽질 하냐?"

"생각이 많은 거지."

"스왑하고 포탑 정리 고고씽."

우리는 평온한데 적은 혼란하다.

쓸데없는 것들을 경계하는 움직임이 눈에 띄었다.

필요 이상으로 와드 작업을 했고 그것을 지우며 우리 정 글러와 서포터는 더욱 배가 불렀다.

선뜻 싸움을 열지도 못했다.

우리가 뭔가 이상한 움직임을 취할 거란 막연한 경계감 에다가 마스터 리그에서 써먹은 전략에 대한 두려움 같은 것이 작용하는 느낌이었다.

덕분에 게임은 아주 수월하게 흘러갔다.

이미 바텀에서 자그마한 스노우 볼을 얻었고 우리는 그 것을 계속해서 굴렸다.

"무리만 하지 말자."

"조금만 더 집중하자!"

팀원들의 집중력도 좋은 분위기 속에서 그대로 유지되는 호조를 보였다.

◆

관중, 유선 시청자, 온라인 시청자 등 경기에 대한 관심 도를 나타내는 지표는 그 어느 때보다 높았다.

그러나 환호, 함성, 댓글과 커뮤니티 게시글 등 경기에 대한 반응을 보여주는 지표는 비교할 수 없는 정도로 적었다.

경기가 너무나 무난했다.

어떻게 보면 일방적으로 ST S가 밀리는 것처럼 보일 만큼 무난한 팀 데몬의 운영으로 승리에 가까워졌다.

"어떻게 이럴 수가 있죠? 팀 데몬이 작은 이득을 쥐고 주도권을 얻은 순간부터 ST S에게 숨 쉴 구멍도 만들어주지 않고 있어요. 반격의 여지가 안 보이는데요?"

"초반에 와드를 이용한 시야 작업을 그렇게 피하더니 주도권을 쥐니까 맵 전체에 시야 주도권을 절대 내주지 않고 있어요. 언제, 어느 순간에 어떤 포인트를 공략해야 하는지 아주 잘 알고 있는 것 같아요."

"그렇습니다. 사실 초반 라인전 단계에서는 라인에 조금 더 신경 쓰면 그만이거든요? 무섭네요 정말…."

이미 팀 데몬이 크래셔를 사냥하고 있는데 시야가 없어 근처에 다가가지도 못하는 ST S의 모습을 보며 구단의 팬들이 탄식을 흘렸다.

팀 데몬은 자연스럽게 크래셔 사냥을 마치고 버프를 두른 채 진격했다.

전형적인 131 운영으로 세 라인을 동시에 공략하는데 탑라이너는 텔레포트를 들고 있었고 미드라이너 카드술사는 글로벌 궁극기가 있어 언제든 합류가 가능했다.

그래서 성장 격차도 나는 ST S는 한 점을 지정해 돌파하려는 시도도 쉽게 못 했다.

조합의 시너지가 갖춰지고 아이템이 완성되어 어느 정도 힘이 발휘되는 타이밍을 애타게 기다리고 있었을 ST S는 점점 조여 들어오는 팀 데몬을 맞이해 마지막 항전을 벌였다.

"쌍둥이 포탑을 안고 겨우겨우 버티기는 하지만 점점 밀려요! 점점 밀고 들어갑니다! 팀 데몬!"

"여차하면 하나 남은 억제기 마저 밀고 정비하면 다시 격차가 그만큼 벌어질 텐데요! 팀 데몬 그냥 그럴 필요도 없다는 듯이 자연스럽게 밀고 들어가요!"

주도적인 움직임을 취하지 못하는 ST S의 결말은 빤히 눈에 보였다. 막고 버티는 것도 어느 정도 성장이 뒷받침되어야 가능한 일이었다.

"밀립니다! 밀려요! 노라카 유지력이 어마어마합니다!"

"아이템도 잘 나와서 팀 데몬선수들에게 흠집도 안 나는 것 같죠? 대단합니다. 대단해요."

전투병 웨이브를 이용해 포탑을 툭툭 건드리기를 몇 분.

대치 상황이 지나갈수록 포탑 체력은 깎여 나갔고 결국 넥서스를 지키는 마지막 포탑까지 터져버린 순간 ST S가 모든 것을 쥐어 짜 반격을 가했다.

"여기서 다섯 명 다 잡으면 혹시 몰라요!"

"붙습니다!"

닥터문도가 오리안나의 공을 허리에 두른 채 적진으로 뛰어들었다. 동시에 애시의 화살이 쏘아져 나갔고 닥터문도가 복판으로 들어갔을 때 룰루랄라의 궁극기가 사용되었다.

크게! 크게!

짜 맞춰진 듯한 연계기의 마무리는 오리안나의 궁극기!

충격파가 정확하게 3명의 팀 데몬 선수들에게 적중했다.

깔끔하게 연계기가 들어가서 혹시나 전투가 뒤집어지는 건 아닌가 싶었다.

그러나 단 하나의 스킬로 이 모든 것을 무용지물로 만들 수 있었다.

탑 라인에서 엄청난 성장을 거둔 노라카의 궁극기!

소생!

광역 힐링 스킬 한 방에 모든 팀 데몬 선수들의 체력이 다시 가득 찼고 카우스타를 비롯한 팀 데몬 선수들의 반격이 이어졌다.

"아아! 트이치가 폭주합니다! 폭주해요!"

수도승과 카우스타, 카드술사가 CC기를 넣고 노라카가 후방에서 지원하는 사이 성장을 잘 마친 트이치가 궁극기를 켜고 사방에다 독침을 난사했다.

ST S 선수들의 챔피언이 급속도로 체력을 잃었다.

한 명이 쓰러진 순간 게임의 결판은 이미 났다.

연속으로 쓰러지는 ST S 선수들을 뒤로 하고 팀 데몬 선수들은 넥서스를 깔끔하게 부숴 승리를 거머쥐었다.

"GG! 경기 끝났습니다! 세간의 이목이 집중된 2연전에서 모두의 예상을 뒤엎고 팀 데몬이 두 번의 승리를 모조리 챙겨갑니다!"

"정말 무서운 상승세입니다. 형제 팀에게 일격을 당한 것을 제외하면 모든 팀을 상대로 승리를 거둔 셈이거든요? 무서운 상승세에요."

경기 결과를 정리한 데이터가 보여지고 해설진은 경기에 대한 마무리 멘트를 던졌다.

이어 두 번째 경기의 MVP가 발표되었다.

"2세트 MVP로 선정된 선수는 누구일까요?"

"그러게요. 못 한 선수가 없었고 특출나게 잘한 선수도 없었는데요. 과연 누구죠?"

대형 전광판에 베놈 권진욱의 프로필 사진과 스코어가 표시되었다.

"아아! 베놈 선수군요."

"그렇죠. 모든 스노우 볼의 시작은 베놈 선수의 궁극기로부터 빚어졌거든요. 노 데스 게임을 펼치면서 좋은 모습을 보여줬죠?"

이어 베놈 권진욱의 키 플레이가 담긴 영상이 재생되었다.

초반 바텀 다이브 플레이를 비롯해 맵 이곳저곳에서 불리한 와중에 반격의 기회를 노리던 ST S의 모든 수를 차단하는 궁극기 활용까지 짧게 편집되어 있었다.

그러나 경기를 모두 지켜본 팬들이라면 저 몇 번의 플레이 덕분에 모든 흐름을 팀 데몬에게 기울었음을 알 수 있었다.

ST S 팬들은 침울했지만 팀 데몬의 팬들은 환호했다.

그 위명 높은 거함 ST S를 이토록 일방적으로 압도하며 이길 수 있다는 것에 엄청난 자부심을 팬들이 느꼈다.

MVP 인터뷰 시간이 되어 1, 2세트 MVP에 선정된 강영식과 권진욱이 무대로 올라서자 팬들이 환호성을 내질렀다.

"오늘의 MVP로 선정된 볼매 강영식 선수와 베놈 권진욱 선수를 모셨습니다. 박수로 환영해주세요!"

"안녕하세요."

"안녕하십니까."

김동진 해설이 충분하게 팬들의 환호가 끝나기까지 기다렸다가 본격적인 질문을 이었다.

"강영식 선수는 오늘 아무런 예고도 없이 깜짝 데뷔전을 치렀습니다. 이 중요한 경기에서 말이죠."

"네, 하하. 오늘 데뷔했습니다."

"그 중요한 경기에서 데뷔전을 치렀는데 MVP까지 되셨어요. 진짜 소감이 남다르시겠어요? 어떠세요?"

"어…. 우선, 쉽지 않은 선택이었을 텐데 저에게 이런 중요한 경기에서 데뷔할 기회를 주신 감독님과 여기 옆에 계신 코치님께 감사하고요. 아쉬웠는데 그래도 좋은 결과 나와서 정말 기분 좋습니다."

옆에 계신 코치님을 운운하며 베놈 권진욱을 가리킬 때 팬들은 또 환호했다.

마침 그런 상황이 연출 되었으니 이형우 해설이 질문을 이었다.

"말 나온 김에 말이죠. 베놈 권진욱 선수가 이제 팀 데몬을 총체적으로 이끄는 사령관이라는 사실을 많은 팬 분들도 알고 계시잖아요? 이 중요한 경기에서 강영식 선수를 기용한 이유나 의도를 좀 알 수 있을까요?"

모두가 궁금했던 질문이었다.

가려운 곳을 팍팍 긁어주는 이형우 해설의 좋은 질문에 팬들이 또 한 번 환호로 화답했다.

권진욱이 마이크를 들고 말했다.

"일단은 강영식 선수가 정말 뛰어난 실력을 지닌 덕분에 기용할 수 있었고요. 하필 이 경기에서 기용한 이유를 물으신다면 조금의 심리전이 있었다고 설명할 수 있습니다."

"어떤 심리전이죠? 제가 경기 시작 전에 팬 분들에게 설명한 것은 로스터 등록만 하고 기용하지 않으면서 ST S의 연습에 지장을 주려는 의도가 아닌가 싶다고 했거든요? 그런데 예상을 깨고 나왔단 말이죠?"

"음…. 일단 저희가 트롤 킹을 열면 무조건 ST S가 가져갈 거라는 전제로 그 카드를 카운터 치기 위해서는 탱커보다 딜러를 활용하는 탑 라이너가 필요했습니다. 강영식 선수가 그걸 굉장히 잘 해줬고 덕분에 MVP도 받았죠. 그리고…."

"그리고요?"

"두 번째 세트 경기를 위한 포석이기도 했습니다."

아무도 짐작 못했던 의외의 발언에 김동진 해설이 흥미롭다는 듯 몸까지 앞으로 기울인 채 물었다.

"두 번째 세트에 뭔가 의도가 있었나요? 다음 질문이기는 한데 미리 여쭤보죠. 저희는 어떤 의도가 있었는지 전혀 읽을 수가 없었거든요?"

"그게 의도였습니다. 트롤 킹 카드가 밴 당하건 말건 어떤 조합이 상대에게 넘어가건 적절한 밸런스 잡힌 정석 조합으로 정석 운영을 하자는 게 저희 전략이었어요."

"그걸 전략이라고 할 수 있을까요? 말 그대로 정석인데요."

"다른 팀이 사용하면 전략이 아닌 정석이지만 저희 팀 데몬이 사용하면 전략이 되는 거죠."

와아아아아아아!

마지막 권진욱의 발언에 두 해설진은 몸에 오르는 소름을 느꼈고 팬들은 환호를 질러댔다.

정말 엄청난 자신감에서 비롯된 기상천외한 전략이었다.

"그러니까…. 늘 전략, 전술을 고집하던 팀 데몬이 정석 픽을 사용할 거라고 아무도 예상을 못하는 허를 찔렀다…. 이런 말씀이죠?"

"네, 저희는 그냥 편하게 정석적인 흐름대로 경기했는데 상대 팀에서 오히려 이것저것 대비하다가 실수를 많이 하더라고요."

"와…. 진짜 그 말이 딱 맞네요. 팀 데몬이 쓰면 전략이다."

"두 분도 방금 아무런 의도를 느끼지 못하셨다고 하셨잖아요? 성공적이었던 것 같네요."

양 팀의 모든 상황과 골드 격차까지 수치로 확인할 수 있는 전지적 시점에서 해설하는 해설자다.

그 둘이 파악하지 못한 거라면 당연히 성공이었다.

김동진 해설이 마지막으로 물었다.

"괜한 걱정일지 모르겠지만 오늘 그것도 전략이라는 것과 강영식 선수의 성향에 대해 공개해버리셨잖아요? 다음 다가올 경기들에 영향이 갈 수도 있는데 괜찮으시겠어요?"

"저희를 상대하는 팀이 대비할 수 있다는 말씀이시죠?"

"그렇습니다. 걱정 안 되시나요?"

"할 수 있으면 해보세요. 저희가 가진 카드를 일일이 대비하려면 고작 며칠 연습으로는 시간이 부족할 겁니다. 정석 픽도 전략인데 뭔들 못 할까요? 하하하."

자칫 오만해보일 수 있는 그 대답에는 승리에 대한 강한 자신감이 가득 차 있었다.

프로게이머
PROGAMER

프로게이머

PROGAMER

15장. 거세진 변화의 바람

생각보다 경기가 끝나고 불어 닥친 후폭풍은 거셌다.

하루가 채 지나기 전, 야심한 시각을 기점으로 각종 커뮤니티 사이트에 게시글과 댓글이 폭주했다.

내용은 일방적인 ST S 선수들에 대한 비난과 비판, 모독으로 가득했다.

작년 전승우승의 압도적인 기량을 보이며 무적함대로 군림하던 시절 유입된 팬들이 많았기 때문인지 아쉬운 경기력에 대한 비난의 강도가 걱정될 만큼 지나쳤다.

뭐든 실력으로 말해야 하는 것이 프로 숙명이라지만 이건 좀 너무한 게 아닌가 싶을 정도였다.

[우승하고 지들 판이라고 쳐 빠져서 태업한 거지 뭐. 저 그지새끼들 때문에 왕창 잃었음.]

[일단 원딜부터 갈아치워라 극혐 똥쟁이새끼를 캐리라인에 그대로 두고 게임하냐?]

[탑이 탱커밖에 못 쓰니까 점점 한계가 드러나는 듯. 그냥 고기방패만 하다가 죽음. 덩어리새끼]

[정글 메타 너무 못 따라감. 때가 어느 땐데 아직도 루루로 비벼보려고 함? 퇴물은 좀 알아서 꺼져주면 좀 좋냐]

[쟤들 손가락 다 관절 꺾어버려야 함]

[ST 퇴물1 수준. 이번 시즌에 데뷔한 팀한테 그냥 탈탈 털리네 개극혐이야 아주]

[강팀 다 잡고 잘 나가나 했더니 형제 팀이랑 데몬한테 탈탈 털려주네 죽빵도 가서 털고 싶다]

[탈곡기 메타 오지고요 ㅋㅋㅋㅋㅋ 그냥 탈탈탈 털리죠]

[밴픽부터 병신 같았음 점점 망조가 보인다]

외에도 원색적인 비난일색의 게시물이 폭주하는 바람에 서버에 부하가 걸리는 상황도 잠시 빚어졌다.

"다 늦은 시간에 왜 저 난리들을 피운데?"

"ST S가 왜 졌는지도 모르고 어안이 벙벙하다가 이제야 제정신들이 돌아왔나 보지."

"정신 차리고 보니 어이가 없었나?"

"우리가 이길만한 게임 이긴 건데 기분 나쁘네."

오죽하면 우리 팀원들이 커뮤니티를 둘러보다가 눈살을 찌푸릴 정도였으니 말 다 한 셈이었다.

선수들은 경기와 경기 사이에 대기 시간이 길다.

단체 스크림이 아닌 개인 연습 시간에 주로 솔랭 게임을 돌리는데 천상계 레벨의 유저들을 매칭해야 하기에 대기 시간이 꽤 긴 편이다.

그래서 그 사이 시간을 활용하는 방법이 많았다.

주로 인터넷 방송을 시청하고 커뮤니티 사이트를 둘러보거나 간단한 플래시 게임을 즐기기도 한다.

오늘 커뮤니티 사이트는 그야말로 최악의 네거티브가 판을 치고 있어 선수들마저 기피했다.

하루가 또 지나고 아침이 밝아 더 많은 사람들이 분위기에 편승하기 시작하며 비난의 장은 걷잡을 수 없이 커졌다.

쏟아지는 비난의 양이 많으니 이제 ST S를 욕할 거리가 남아있지 않게 되자 불똥이 이상한 방향으로 튀었다.

영혼의 끝까지 타락시킬 요량으로 욕을 쏟아 내는 사람들이 엄청나게 많다는 것을 인식하게 되자 묘한 군중심리가 발동해 가장 문제라고 생각되는 선수나 코칭스태프를 갈아엎고 나야 직성이 풀릴 것 같았는지 서명운동이 시작되었다.

목표가 된 것은 총괄 코치인 임정균과 원딜러 최강진, 정글러 배선웅이었다.

이들을 갈아엎어야만 한다는 일념 하에 시작된 서명운동은 좀처럼 끝날 기미가 보이지 않았다.

♦

팀을 지지해주던 기반인 팬들이 돌아서자 가장 심각하게 타격을 입은 것은 당연히 ST S 선수들이었다.

경기가 있는 날 경기장에 입장하며 쏟아지는 야유에 표정이 굳었고 경기를 치르면서도 좀처럼 얼굴은 펴지지 않았다.

분위기가 좋아도 삐끗하면 패배하는 것이 프로의 세계이자 승부의 세계인데 애초에 분위기가 땅을 뚫고 들어갈 기세로 꺼진 상태에서 승리는 무리가 있었다.

ST S 선수들은 팀 창단 이래 최초의 4연패를 당하는 수모를 겪어야만 했다.

욕을 먹으니 경기력이 발휘가 안 되고 그래서 패배하니 또 다시 욕을 먹는 악순환이 시작된 것이다.

ST S가 충격의 4연패를 당하며 순위에서 내려가는 동안 우리 팀은 안정적인 4연승을 추가하며 이미 포스트시즌 진출을 확정 지은 상태로 1위 자리를 굳건히 지켜냈다.

대진 중 팀 엔젤과의 2차전이 있었는데 새롭게 합류한 탑 라이너 강영식의 하드캐리 행진으로 손 쉬운 승리를 가져올 수 있었다.

그 덕에 형제 팀을 포함한 모든 팀에 승리라는 기록도 거머쥘 수 있었다.

우리 팀의 순위는 1위.

나락으로 향하는 ST S의 순위는 4위였다.

나름대로 박 터지는 싸움이 계속되던 준 플레이오프 영향권에 다가오는 바람에 이제 1패는 치명적일 수 있었다.

다른 팀의 경기 결과에 따라서 심하면 한 번에 6위권으로 내려앉을 수도 있는 절체절명의 상황.

팬들의 비난이 끊이지 않는 가운데 팀의 핵심 중 핵심이던 브레이커가 돌연 게임 커뮤니티 기자와 인터뷰를 가졌다.

[Q]. 팀의 연패에 최근 커뮤니티 분위기가 영향이 있다고 생각하나요?

[A]. 아니요. 선수들의 컨디션 난조에 따른 결과입니다.

[Q]. 준 플레이오프 접전 지역에 들어섰습니다. 1승, 혹은 1패가 매우 중요해졌는데 연패의 고리를 끊을 수 있을까요?

[A]. 반드시 끊을 겁니다. 모든 선수가 1승을 목표로 저번 시즌 보다 더 열심히 훈련하고 있습니다.

[Q]. 하지 않을 수 없는 질문입니다. 최근 팬분들의 반응에 대해 어떻게 생각하십니까?

[A]. 충분히 그럴 수 있다고 생각합니다. 저희가 좋은 모습을 보여 드려야 응원할 맛이 나겠죠. 좋은 모습 보여드리는 게 저희가 해야 할 일이지 않나 싶습니다.

[Q]. 팬들의 요구에 대한 구단이나 팀의 입장은 어떤가요?

[A]. 저희가 자초한 일이라고 생각합니다. 저희가 다시 풀어내겠습니다.

[Q]. 마지막으로 팬 분들에게 한 말씀 하시죠.

[A]. 이번 시즌 결승전에 오르는 모습을 보여드리겠다고 반드시 약속하겠습니다. 그 무대에서 통쾌한 복수전을 꼭 보여드리겠습니다. 만에 하나…. 정말 만에 하나라도 저희가 결승행에 실패하면 은퇴하겠습니다. 그런 각오로 하겠습니다.

ST S팬 = 브레이커 팬.

이 공식이 어느 정도 통용 가능한 수준의 영향력을 지닌 선수가 바로 브레이커 이상현이었다. 그런 이상현이 자신의 은퇴를 걸고 공표하자 반향이 대단했다.

그래도 비난하던 이들은 꼴값이라는 반응을 보였는데 점점 다른 반응도 당연히 올라왔다.

원색적인 비난을 일삼던 팬들 중 브레이커는 잃을 수 없다며 어찌 되었건 결승까지 응원해야 한다는 입장을 밝히며 태세를 전환하자 비난의 무리에 균열이 생겼다.

삽시간에 브레이커의 선수생명을 건 공약이 전 세계에 퍼져 나가며 모든 로크 팬들을 양분하기 시작했다.

해외 팬들은 브레이커의 은퇴는 해외 팀 이적의 가능성 아니냐며 반문하는 무리와 은퇴하면 다시는 그의 로크 플레이를 볼 수 없으니 응원해야 한다는 무리로 나뉘었다.

효과는 예상한 것보다 훨씬 대단했다.

맹목적인 응원을 해주던 팬들이 있던 때보다 현재의 상황을 잘 헤쳐나가길 바라는 세계인의 숫자가 합쳐지자 응원의 목소리는 수십 배로 커졌다.

그 때부터 ST S는 그간 진행된 하락세에서 벗어나 반등을 시작했다.

◆

오늘 드디어 그간 사무국 관계자들을 상대로 설득을 거듭한 결과를 확인할 수 있는 날이었다.

"진욱아, 어서 다녀오자."

"예, 감독님."

차 감독은 정 코치에게 잠시 팀 데몬의 관리까지 부탁한 채 나와 단 둘이 피닉스 본사를 향해 운전했다.

"결과가 어찌 되건 이번 시즌 끝나기 전에 더 이상 이 일에 대해 왈가왈부하기 없는 거다?"

"그럼요. 안정권이긴 하지만 우승을 확정한 건 아니라는 말씀이시잖아요? 알고 있습니다."

"그래, 결승 직행이라고 방심했다가 무너지면 너희가 더 힘들어진다. 그래서 하는 말이야. 명심해."

"네, 명심하고 또 명심하겠습니다."

전혀 기대도 안 했던 팀 데몬의 결승 직행 확정과 완벽하게 사정권에 들어온 우승에 대한 욕심은 사무국과 차 감독을 안달나게 했다.

공식적인 무대에서 세계에 보여준 성적과 ST S를 상대로 따낸 2승의 값어치는 팀 데몬의 명성에 더해 나라는 선수의 가치를 폭등케 해주었다.

그러면서 자연히 게이밍 기어 전문 회사인 피닉스의

이익이 동반되는 것은 당연한 일이었다.

처음에는 내 요구에 굉장히 회의적인 반응을 보이던 구단 사무국에서 점차 마음을 열고 대화를 시작한 게 바로 그 시점이었다.

나는 끊임없이 설득했고 드디어 진지한 의견을 나눠 결판을 지을 순간이 다가왔다.

나의 요구는 다른 것이 아니었다.

바로 선수들의 온라인 스트리밍 방송 서비스 계약.

여러 장단점이 있는 컨텐츠인 것은 확실하지만 단점에 비해 장점이 비교할 수 없을 만큼 컸다.

욕심 많은 내가 이런 컨텐츠를 포기할 수 있을 리가 있나.

나와 차 감독은 사무실에 도착하자마자 회의실로 안내되었다.

우리를 기다리고 있던 구단 관계자들은 생각보다 많았다.

게임단 운영권을 담당하는 이사진과 재경팀장, 마케팅부 관계자에 따로 초빙된 두 개 스트리밍 방송 플랫폼 관계자까지 다섯 명의 인원이 기다리고 있었다.

"어서오세요. 차 감독님, 그리고 권 선수."

"전무이사님 오랜만에 뵙습니다."

나는 처음 선수 계약 당시 봤었던 전무이사를 향해 웃어보였다.

오늘은 구단에 관계된 업무를 처리하는 전무이사의 전령 안민준 과장이 보이지 않았다.

그 말인즉 확실하게 이 자리에서 결판이 난다는 뜻이었다.

자리에 앉아 다과가 차려지고 서로 소개하는 시간을 가졌다.

어느 정도 인사가 끝나자 전무이사의 주도 하에 본격적인 이야기가 오갔다.

"유투브와 트이치tv 두 개 플랫폼의 계약 내용은 미리 보냈는데 확인 해보셨죠?"

"네, 확인했습니다."

이야기의 주인공은 전무이사와 나였다.

차 감독을 비롯한 다른 이들은 관계자 자격으로 참석은 했지만 주도적인 이야기의 주체는 전무이사와 내가 담당했다.

전무이사가 나를 보며 물었다.

"마음에 드는 곳이 있던가요?"

"아니요."

내가 단호하게 고개를 저었다.

의외의 반응이라는 듯 두 개 플랫폼에서 나온 관계자들의 미간에 주름이 잡혔다.

나는 이유를 설명했다.

"제가 두 개 플랫폼을 꼬집어 요청한 이유는 두 가지 이유가 있습니다."

"뭔가요?"

"두 플랫폼 모두 전 세계를 무대로 합니다. 외국인 팬들도 저희 선수들의 스트리밍 방송을 손쉽게 접할 수 있기에 적절하다고 생각했습니다."

"다른 하나는요?"

"팬들이 스트리머에게 기부하는 소정의 금액을 분배하는 수수료가 스트리머에게 유리한 구조로 설정되어 있다는 점입니다. 수수료로 거액을 착취하는 여타 플랫폼과 차별되는 부분이죠. 이것도 마음에 들었습니다."

세계인을 대상으로 하는 무대와 저렴한 수수료.

스트리머로서 이것보다 좋은 환경이 또 있을까?

그런데 계약 조건이 마음에 들지 않는다는 나를 이해할 수 없다는 듯 전무이사가 낮은 목소리로 물었다.

"그래서 어떤 조건이 마음에 들지 않는다는 거죠?"

"유투브는 5시간, 트이치tv는 4시간. 선수들이 하루에 채워야 할 방송 시간 할당량을 정해뒀더군요."

내가 할당량 조건을 걸고 나오니 유투브 관계자가 바로 치고 나왔다.

"아니, 권 선수…. 이건 불가피한 선택입니다. 솔직하게 말해서 저희가 플랫폼 제공하고 메인 화면에 걸어주는

데다가 영상 끝난 후 추천 영상 리스트까지 만들어 접근
성을 만들어 주는데 최소한 그 정도 시간은 방송을 해주
셔야…."

"아니요. 죄송하지만 전부 틀린 말씀을 하고 계시네요."

관계자의 말을 자르고 단호한 목소리로 말했다.

"솔직히 그냥 파트너 계약 없이 그냥 원할 때 방송해도
그만 아닙니까?"

정곡을 찌르는 나의 말에 두 명의 플랫폼 관계자가 동공
지진을 일으켰다.

솔직히 상관없는 일인데 이는 플랫폼 자체에 부담이 되
는 일이기도 했다.

나는 두 사람을 더 몰아붙였다.

"제가 애초에 두 분 찾아가서 플랫폼에 파트너쉽 계약
요청 했었나요? 아닌 걸로 아는데요? 저는 그냥 저희 사무
국 이사님에게 선수들이 개인방송 활동을 할 수 있도록 양
해를 구했을 뿐입니다. 이 소식 듣고 파트너쉽 계약하면 된
다고 찾아온 건 두 분 아니셨어요?"

"그, 그거야 당연히 파트너쉽 계약을 하면 여러모로…."

"좋겠죠. 물론 좋겠죠. 아까 말씀하신 메인 광고나 이것
저것 포함하면 일반 스트리머보다 훨씬 많은 시청자가 볼
테고 화질도 좋을 거고 시청인원도 많아지겠죠. 그래서
요?"

당돌하게 바라보면서 물으니 이제 말문이 막혀 어떤 대답도 나오지 않는 듯 어버버거리는 게 눈에 보였다.

"저희는 시청자 1,000명 제한 걸린 방에서 방송 하더라도 상관없으니까 자유롭게 하고 싶다고요. 보고 싶은 사람은 훨씬 더 많을 테지만 우리는 전문 스트리머가 아니니까요. 프로게이머가 대회 준비하기도 바쁜데 하루에 몇 시간씩 방송 붙들고 앉아서 솔랭만 할 수는 없잖습니까?"

아닌 듯 협박에 가까운 발언이었다.

핵심은 기대되는 시청자 수가 훨씬 많다는 데 있었다.

고작 1,000명 들어갈 수 있는 방에 만 명, 십만 명이 접속을 시도하면 서버에 무리가 생긴다.

이는 플랫폼에 직격으로 꽂히는 피해였다.

아마 두 관계자들도 그걸 걱정했기에 대비하는 차원에서 여러 조건을 가져와 계약을 제시했을 것이다.

하지만 나는 끝까지 할당 시간에 대한 조건은 양보할 마음이 없었다.

어디까지나 본분은 프로게이머 생활에 충실해야 하는 것이고 스트리밍 방송은 휴식, 소통, 부수입, 경험 등의 부가적인 경험을 가져올 수단일 뿐이다.

방송 때문에 스트레스가 되거나 연습에 지장이 생겨 대회를 망치는 건 절대로 있어서는 안 되는 일이었다.

내가 이런 입장을 확고하게 지키고 있었기에 사무국

관계자들과 감독님이 적극적으로 협조해준 것이었다.

"단도직입적으로 말씀드릴게요. 저희가 필요한 건 팬들과의 소통창구, 스트리머의 경험을 쌓을 수 있는 플랫폼일 뿐입니다. 이외 문제는 그쪽에 있는 거니 할당 제한 같은 조건은 받아들이지 않겠습니다."

"하아…."

분위기가 안 좋은 방향으로 흐르자 자연스럽게 전무이사가 끼어들어 중재를 시작했다.

"두 분 의견도 확실히 알겠습니다만 저희 게임단 선수들을 책임지는 감독과 코치, 그리고 그 입장을 겸한 선수의 생각이 이렇습니다. 약간의 차이가 있는 것 같은데…. 서로 세부 내용을 조정하기 위해 의견을 나눠볼까요? 어떠세요?"

부드러운 말투로 확실하게 결과를 끝내지 않고 새로운 의견을 이끌어내려는 말이었다.

좋은 조건에서 스트리밍 서비스를 할 수 있다면 자연히 팬들의 후원금이 보내질 테고 이는 아주 소량의 비율이라도 회사에 이득이 되는 일이니 전무이사 입장에서는 단칼에 쳐낼 수 있을 만큼 만만한 일은 아니었다.

그 점을 잘 알기에 나는 전투적인 자세를 풀고 짐짓 경청하겠다는 듯 태도를 보였다.

두 명의 플랫폼 관계자는 열심히 눈동자를 굴리며 눈치

작전을 펼쳤고 뭔가를 골똘히 생각하는 듯 보였다.

이건 또 나름의 재미있는 장면이었다.

엄밀히 따지면 두 사람은 서로 소속된 플랫폼으로 계약을 이끌어야 하는 입장이었다.

처음에는 흥행파워가 있는 프로게이머가, 그것도 세계 제일이라는 한국 리그의 1위 팀 선수들이 스트리밍에 관심을 갖는다는 소식에 여러 가지 현실적인 조언과 구단의 조율 문제를 위해 파견된 두 사람이었다.

그게 이제 와서는 서로를 제치고 계약권을 따야 하는 일로 바뀌어버렸다.

딴에는 선수단 전체를 놓고 두 무리로 나눠 사이좋게 두 개 플랫폼에서 방송하는 청사진도 그려봤을 테지만 이 타이밍에 할당시간제 삭제 카드를 꺼내면 자기 플랫폼에서 독식할 수 있지 않을까 하는 생각이 머리에 가득할 것이었다.

애초에 나는 이런 상황이 오길 바랐고 기회를 놓치지 않았다.

내가 기필코 할당시간제를 반대하는 이유는 역시 경험에 있었다.

내게 고스란히 남은 경험과 기억 속에는 분명 할당시간제 때문에 피해를 본 구단과 선수들의 이미지가 남아 있었다.

이중송출 등 구단의 미흡한 대처로 선수의 방송이 오점으로 남는 경우도 있었으니 운영에 대해서도 확실하게 자율권을 보장받아 부스럼 없는 스트리밍을 하길 원했다.

잠깐의 시간과 함께 정적이 흘렀다.

역시 고민이 끝나지 않은 두 관계자를 보며 뭔가 구미가 당기는 먹잇감이 필요하다는 생각이 들었다.

아직 할당시간제 삭제라는 나름 파격적인 선택을 이끌어 내기에는 1%가 부족한 것이 분명했다.

나는 흐르는 정적이 어색해 감독님과 평범한 대화를 나누는 투로 입을 열었다.

"맞다. 감독님 저희 우승하면 골든펠리스 호텔 뷔페 파티 한다고 하셨죠?"

"그랬지. 전무이사님이 거하게 쏜다고 하셨지."

"거기 호텔 방송 되죠? 아까 팀 회의할 때 보니까 어디든 스트리밍 결정 되면 아마 파티 할 때 잠깐 스마트폰으로 방송 켜고 소통할 생각인 것 같던데요. 우승의 감격을 팬들과 함께 나누고 싶다나 뭐라나…"

내가 던진 떡밥이 제대로 먹혀 들었나?

순간적으로 두 관계자의 동공이 확장되는 것이 보일 지경이었다.

우승 가능성이 가장 높은 팀.

그에 따라 급속도로 전 세계의 팬들이 주목하는 팀.

결승전 당일 방송에는 결승 경기와 시상식 외에 그 무엇도 공개되지 않는다.

팬들도 역시 자신이 응원하는 팀의 우승 순간을 함께 만끽하고 싶은 게 당연하다.

그런 경기장 뒤편, 선수들만의 현장을 자신이 소속된 플랫폼에서 보여줄 수 있는 기회였다.

먼저 기회를 잡은 것은 트이치TV 관계자였다.

"할당시간제는 그럼 제가 책임지고 조건에서 빼도록 하겠습니다."

"그럼 계약하시죠."

즉각적인 나의 대답에 트이치TV 관계자는 반색했고 유투브 관계자는 허망한 듯한 얼굴로 나를 바라봤다.

이렇게 쉽게 결정할 줄은 몰랐겠지.

그리고 옆에 앉은 그 경쟁상대가 이렇게 간단하게 뒤통수를 칠 줄도 몰랐겠지.

미안하지만 기회는 왔을 때 잡는 것이다.

나는 두 말하지 않고 전무이사에게 OK 싸인을 보냈다.

◆

우리는 성공적으로 트이치TV와 계약을 마쳤다.

트이치TV 측에서는 대대적으로 기사를 내보냈고 우리와

긴 협상 끝에 첫 방송 일자는 준 플레이오프 시즌에 맞춰 시작하기로 합의를 봤다.

이대로 1위를 수성하고 정규 리그를 마치면 준 플레이오프, 플레이오프가 치러지는 2주의 시간 동안 공식 일정이 없었고 플레이오프가 끝난 후 1주일 공백을 갖고 그 다음 주에 결승전이 펼쳐지기에 3주의 여유가 생기는 셈이었다.

물론, 결승 당일이 가까워질수록 결승 준비에 더 많은 투자를 해야겠지만 준 플레이오프 시즌 까지는 꽤 넉넉한 일정이라 스트리밍 방송을 해도 아무 부담이 없었다.

한편 닭 쫓던 멍멍이 신세가 되어버린 유투브 측은 서둘러 다른 구단에 접촉을 시도하고 있었다.

그러나 그게 어디 쉬운 일인가.

그나마 나의 존재로, 나의 설득으로 선수 스트리밍 방송에 대한 이점을 구단에 각인시킨 덕분에 수월한 계약이 가능했던 것이다.

아직 스트리밍 방송에 대한 파급력이 확인되지 않은 이 시점에 유투브와의 계약에 협조적으로 나설 구단은 찾기 힘들었다.

애석하게도 시즌 중 가장 여유로운 팀이 우리였다는 점도 한 몫을 했다.

2위부터 6위까지 플레이오프냐 준 플레이오프냐를 두고

치열한 경쟁 중이었고 저 아래 순위권 바닥에 있는 팀들도 승강전을 두고 다음 시즌 잔류냐 강등이냐를 다투는 중이었다.

당분간 우리와 스트리밍 방송에서 경쟁할 상대는 없을 것 같아 다행이었다.

시간이 흘러 우리는 계약 체결 이후 2연승을 더 추가했다.

점점 1위 확정 카운트다운이 다가오는 중이었고 선수들은 부담 없는 상태에서 스트리밍 방송을 시작해 한몫 단단히 챙길 생각에 더욱 전의를 불태웠다.

팀 엔젤에도 청신호가 켜졌다.

"왕훈아! 바텀!"

"네, 형! 가요!"

요즘 연습실에서는 팀 엔젤의 파이팅이 훨씬 넘쳤다.

ST S의 부진을 틈타 순위권 상승을 노리는 전략과 함께 퀸호 한왕훈의 합류가 확정되며 전력이 급상승했다.

엄청난 캐리력을 지닌 정글러의 충원은 팀 엔젤의 게임 스타일을 완전히 뒤바꿨다.

민찬영의 안정감과 한왕훈의 캐리력을 적절히 섞어 사용하는 장 코치의 운영으로 두 개의 색을 가진 팀으로 변모했다.

덕분에 준 플레이오프 사정권을 간신히 수성하던 팀 엔젤이 플레이오프 진출권까지 엿볼 수 있게 되었고 이는 엄청난 자극제가 되었다.

"우민아! 조금 더 타이트하게 들어가! 너 그래서 진욱이 잡을 수 있겠나!"

"결승 무대가 쉬워 보여? 어차피 현장에서 붙으면 베놈이고 나발이고 내가 다 이겨!"

다 들리지만 못 들은 척 해야지.

단순히 결승무대 경험은 내가 더 많을텐데….

선수로서 경험은 없으니 못 들은 척 한다.

어쨌거나 팀 엔젤의 목표도 역시 플레이오프를 잡아 결승행 티켓을 쥐고 형제 팀 간의 결승 무대를 만드는 것이었다.

안타깝지만 팀 엔젤의 앞길이 탄탄대로는 아니었다.

이미 2,3위권을 꽉 잡고 있는 강팀 중의 강팀 쓰리스타화이트와 KTa 거너가 최근 계속 좋은 성적을 보이며 안정감을 장착하는 중이었고 그 뒤를 아진 아머가 바짝 쫓는 중이었다.

게다가 부진하던 ST S는 브레이커 은퇴선언 인터뷰 이후 다시 3연승을 거두고 빠르게 원래의 순위를 향해 달리는 중이었다.

일방적인 우리의 승리로 김이 빠지는가 싶던 리그가 중반

의 반환점을 찍고 다시 한 번 전체 팀들의 선전으로 생동감
이 되살아나고 있었다.

♦

또 한 번의 추가 패치!

카이어 게임즈는 빠른 변화를 추구했고 팀 데몬을 시작
으로 빠르게 적응하는 프로레벨 선수들의 흐름에 맞춰 더
욱 속도를 내고 있었다.

이제 그라카스 카드는 완벽하게 정석적인 정글러 포지션
으로 자리잡는가 하면 단독 라인에서 압도적인 활약으로
주도권을 쥐고 유지력 싸움을 벌일 수 있게 만들던 노라카
의 너프로 리그와 실시간서버 양측에서 다시는 찾아볼 수
없었다.

그러면서 파이어럼블을 비롯한 제넨 등 완벽한 성장 캐
리형 탑 라인 챔피언들의 연속 버프로 탱커가 점점 힘을 잃
어 가는 중이었고 환술사와 카샤딘을 침묵 삭제 후 다시 한
번 딜 계수에서 버프하며 새로운 스타일의 플레이를 통해
충분히 사용할 수 있도록 만들었다.

이는 라인 클리어가 좋은 챔피언들로 미드라인을 가져가
며 게임이 지루한 장기전으로 흐르는 양상을 완벽하게 차
단했다.

팬들은 너무 빠른 흐름으로 변하는 실시간 서버에 불만을 가지면서도 그에 발맞춰 대응하며 더 다이나믹한 경기를 보여주는 리그에 환호했다.

패치가 공식 경기에 적용되는 기간을 기점으로 실시간 서버에서도 충분히 메타 변화에 적응하는 유저들이 나오면서 게임은 좋은 방향으로 발전했다.

그러면서 또 하나의 결정적인 패치가 이번에 적용되었다.

미드라인 포킹 강자 나탈리의 스킬 개편!

여전히 너프된 나탈리를 라인에서 사용하던 유저들은 실망감을 숨길 수가 없었다.

그런데 그런 유저들에게 구원의 빛이 내려오듯 한 영상이 온갖 커뮤니티 사이트를 지배했다.

바로 베놈 권진욱, 미스터큐 안상규, 땅콩 한왕훈의 정글 나탈리 플레이 영상이었다.

◆

개인적으로 카이어 게임즈의 의도가 뭔지는 알 수 없었다.

계속해서 게임의 유행을 빠르게 당기는 패치가 진행되는데 체감 상으로 1년 정도는 빠르게 당겨지는 것 같았다.

내년 이맘때는 되어야 진행될 패치들이 당겨서 빠르게 정리되고 있었다.

다른 구단은 제법 골치 아픈 상황에 맞닥뜨린 것 같지만 나의 존재로 인해 우리 구단에서는 빠르게 적응할 수 있었다.

그 정수가 발휘된 것이 바로 이번 리뉴얼 패치였다.

포킹라인의 대장이었던 나탈리가 몇 번의 투창 너프 이후 모습을 감추자 조금 더 챔피언 컨셉에 맞춰 야생의 사냥꾼으로 변모했다.

가장 큰 변화는 이전과 달리 1레벨부터 쿠거폼으로 변신이 가능하다는 점이었다.

인간폼에서 스킬을 적중하면 표식을 남기고 쿠거폼으로 전환해 표식이 남은 대상에게 스킬을 적중시키면 추가 데미지를 입힐 수 있었다.

처음 패치 이후 나탈리만 플레이 하던 장인 유저들도 도대체 어떤 방식으로 운영해야 하는지 도통 감을 잡지 못했다.

탑 라인으로 올라가 캐리력 있는 스플릿 푸셔로 활용도 해보고 미드 라인에서 이전보다 공격적인 근접, 원거리 하이브리드 딜러로 활용하기도 했다.

그러나 전부 시원치 않은 결과만 낳았고 나를 비롯한 우리 구단 선수들의 정글러 활용 플레이가 공개되면서 급속도로 관심이 쏠렸다.

나탈리 정글의 강점은 어마어마하게 빠른 정글링 속도에 있었다.

다른 정글러에 비해 1.5배 정도 빠른 정글 사냥 속도로 엄청난 성장을 할 수 있었다.

기본적으로 아군 정글을 모조리 사냥한 다음 재생성 시간에 맞춰 정비를 하거나 갱킹을 하는 것이 일반적 플레이라면 어느 정도 능숙해진 유저는 적 정글을 털어 먹기도 한다.

그렇게 되면 적 정글러의 성장을 억제하는 효과도 가져오면서 라이너와 비슷한 성장을 해낼 수 있었다.

정글러 간 격차가 이 정도 벌어지게 되면 한타 페이즈에서 어떤 결과가 나올지는 빤한 일이었다.

"이거 진짜 적응하기 힘드네."

"그렇죠? 저도 영 손에 안 익어요."

나에게 나탈리 정글 플레이를 전수받은 상규와 한왕훈은 며칠에 걸친 연습을 하고도 여전히 나탈리 정글 플레이에 어려움을 겪고 있었다.

애초에 캐리형 정글러와 성향이 맞지 않는 민찬영은 배우는 단계에서부터 포기했다.

압도적인 성능을 보여주는 나탈리 정글이지만 유일한 문제점이라고 하면 엄청나게 높은 숙련도가 필요한 챔피언이었다.

특히 초반 정글링에 체력관리가 될 수 있도록 최적화된 콤보와 동선을 짜려면 보통의 연습으로는 턱도 없었다.

나탈리 정글 플레이를 공개한 이유가 여기에 있었다.

"이거 진짜 핵심 팁을 모르면 아무리 해도 감 잡기 힘들 거야. 우리가 먼저 연습해서 최적화 시킨 다음에 써먹어야 해. 그러니까 조금 더 연습해보자."

"오케이. 오케이."

나탈리 정글이 좋다는 인식을 주면 너도나도 따라하기 위해 연습에 몰두할 것이 분명했다.

그러나 숙련도가 좀처럼 오르지 않는 나탈리 정글의 경우 오히려 그들의 연습 시간을 빼앗는 결과를 초래할 수 있었다.

연습은 했지만 사용은 못하는 상황이 오는 것이다.

그 사이에 나는 우리 팀 정글러들에게 나탈리 카드를 확실하게 장착시킬 생각이었다.

◆

갑작스럽게 템포가 올라간 리그 상황은 더 흥미진진해졌다.

빠른 패치로 인해 혼돈의 양상이 더욱 심화되었고 하위권 팀이 상위권 팀을 잡아내는 이변이 종종 속출했다.

순위다툼은 치열했고 그 안에서 유일하게 고요한 팀은 오직 팀 데몬 뿐이었다.

총 30게임이 예정된 이번 시즌 현재 팀 데몬의 성적은 압도적이었다.

19승 1패.

딱 10경기를 남겨둔 시점에 결승 직행 확정을 위한 매직 넘버는 5승이었다.

2위 팀이 더 이상 패배하지 않는다는 전제 하에 24승 고지를 찍으면 결승직행이 확정되는 것이다.

오늘 팀 데몬의 경기가 매직넘버를 당기는지 밀어내는지를 결정할 중요한 경기였다.

리그 3위를 기록 중인 아진 아머와의 경기.

상위권 강팀 간의 경기라 많은 이들이 주목하고 있기는 했지만 초미의 관심사는 오늘 경기부터 적용되는 패치 내용에 따라 나탈리 정글이 나오게 될지에 있었다.

"요새 게임 흐름이 갑작스럽게 빨라지면서 정답은 팀 데몬에 있다는 말이 우스갯소리로 유행하고 있죠?"

"그렇습니다. 신기할 정도로 패치 내용마다 최적화된 조합이나 포지션, 아이템 등을 잘 찾아가는 팀 데몬이라서 일단 팀 데몬 경기부터 보고 실시간 서버에서 쓰자는 추세죠."

"그런 의미에서 오늘 경기에 어떤 모습을 보여줄지 기대가 됩니다. 피닉스 스톰 팀 데몬입니다!"

경기를 위해 부스에 들어서는 팀 데몬 선수들이 화면에 잡히자 관중석에서 엄청난 환호가 쏟아졌다.

이제는 완전히 팬덤의 중심에 선 팀이 되어 있었다.

"팀 데몬 선수들은 최고의 시즌을 보내고 있죠? 이제 5 승만 더 추가하면 결승 직행이 확정입니다."

"오늘 경기가 그만큼 중요한데요. 상대가 3위 팀이다 보 니 경기 결과에 따라서는 직행이 힘들어질 수도 있거든요? 과연 어떤 경기가 펼쳐질지 궁금하네요."

팀 데몬의 선수소개가 끝나고 아진 선수들을 소개하는 시간에도 역시 많은 환호가 쏟아졌다.

리그 초창기부터 활동한 강팀이라 고유의 팬덤이 확고하 게 다져진 팀이었다.

오늘 경기는 경기만큼이나 양 팀 팬들의 응원 대결도 볼 만할 것 같았다.

아진 선수들의 소개도 전부 끝나자 바로 캐스터의 진행 이 이어졌고 게임이 시작되었다.

밴픽 화면으로 넘어가자 팬들은 숨을 죽이고 화면을 지 켜봤다.

"팀 데몬이 먼저 밴 카드를 쥐었어요. 아진은 이 메타 변 화의 흐름 가운데서도 여전히 히바나를 위협적으로 사용하 는 팀이거든요? 과연 히바나를 그냥 주고 운영할지, 잘라버릴지 궁금해지네요."

"최근에 팀 데몬의 탑 라이너 도경민 선수가 캐리형 챔피언들을 다루는 폼이 급상승 했거든요? 아마 그냥 주고 운영할 수도 있을 것 같아요."

해설진의 설명이 이어지며 팀 데몬의 첫 번째 밴은 카샤딘이었다.

어느 정도 스킬 리뉴얼과 버프가 반복되며 다시 미드라인에서 위협적인 카드로 떠오른 카샤딘, 환술사를 견제하는 모양이었다.

곧장 아진 아머도 환술사를 자르며 암살자 픽은 사전에 차단했다.

베놈 권진욱의 플레이가 워낙 다재다능한 성격을 띠고 있어 차라리 운영형 챔피언을 주고 맞춰가는 것이 암살자에게 유린당하는 것보다는 낫다는 판단이었다.

이어 양 팀이 트레쉬, 카우스타를 자르며 서포터 카드를 나란히 잘라냈다.

사실상 브라운이 신 챔피언으로 등장하며 서포터 OP로 군림하고 있기에 양 팀 중 어느 한 팀은 브라운을 잘라내야 했다.

"이렇게 되면 아진은 자연스럽게 브라운을 자를 수밖에 없는데요?"

"그렇죠. 팀 데몬에서 브라운을 가져가버리면 마땅한

카운터가 없어요."

"그렇게 되면 모두가 기대하고 있는 나탈리 카드가 사는 건데도 괜찮을까요?"

"선수들에게 듣기에 나탈리 정글이 활용 가능성은 다소 있지만 초반 정글링이 워낙 힘들어서 리그에서 쓰기는 힘들 것 같다는 의견이 많더라고요."

"과연 팀 데몬은 어떤 결정을 할지 그것도 궁금해지네요."

팀 데몬은 마지막 밴 카드에 히바나를 자르며 아진을 견제했고 아진 아머는 불가피하게 마지막 남은 카드로 브라운을 잘라낼 수밖에 없었다.

선픽 순서를 가져간 팀 데몬은 일말의 고민도 없이 나탈리 픽을 가져갔다.

와아아아아아아!

팬들의 함성과 함께 중계진도 흥분의 목소리를 냈다.

"숙련도? 최적화 빌드? 정글링의 어려움? 그런 거 필요 없다 이거죠! 팀 데몬이 제대로 보여주겠다고 선언하는 것 같습니다."

"가장 먼저 활용한 원조거든요. 원조가 뭔지 보여주겠다는 겁니다."

이후 진행되는 픽이나 조합에 관한 설명보다도 거의 확정적인 나탈리 정글의 첫 번째 출격에 대한 이야기가 주를 이뤘다.

팬들도 각종 온라인 커뮤니티 사이트에서 드디어 실전
나탈리 정글을 확인할 수 있다는 기대감에 환호했다.

팀 데몬
탑 – 파이어 럼블
정글 – 나탈리
미드 – 카드술사
원딜 – 코그마
서포터 – 리오나

마법 데미지 비중이 높은 조합이지만 하이퍼 캐리가 가
능한 코그마의 존재로 보조하고 리오나의 CC기로 밸런스
를 맞춘 괜찮은 조합이었다.

나탈리, 코그마의 원거리 포킹도 가능하고 한타 페이즈
에서는 파이어 럼블의 존재로 강력한 힘을 발휘할 수 있는
조합으로 팀 데몬 성격에 딱 들어맞았다.

아진 아머
탑 – 닥터문도
정글 – 수도승
미드 – 라이진
원딜 – 이즈

서포터 – 트롤 킹

밸런스가 적절한 조합이었고 어느 정글을 상대로나 강력한 힘을 발휘할 수 있는 수도승의 존재로 주도권을 생각한 조합이었다.

특히나 카샤딘과 환술사의 급부상으로 점점 밴 카드에서 자유로워진 라이진을 가져갔다는 게 호재였다.

경기가 시작되고 초반에 특별한 움직임은 양 팀 어느 곳에서도 없었다.

화면의 포커스는 나탈리였다.

"1레벨 스킬을 W 찍었죠? 정글 몬스터가 생성되는 위치에 덫을 깔고 있습니다."

"덫을 여러 개 깔아두고 초반부터 빠르게 정글링하면서 성장을 도모하는 게 나탈리 정글 운영의 핵심입니다."

미스터 큐 안상규의 나탈리는 버프 몬스터를 강타 스펠까지 사용해 순식간에 잡아내고 2레벨이 됨과 동시에 덫을 깔아둔 옆 캠프로 달려가 사냥을 시작했다.

"표식이 남은 상대를 향해 쿠거폼으로 달려들 때에는 이동거리 보정을 받거든요? 정말 기동성이 엄청납니다."

"맵으로만 봐도 수도승하고 정글링 속도 차이가 상당하죠? 수도승은 이제 사냥을 시작하는데 나탈리는 다음 캠프로 넘어갈 준비 중입니다."

초반 흐름은 무난했고 포커스는 나탈리 정글의 활용법에
집중되어 있었다.

그 흐름을 깨는 움직임은 아진 아머에서 먼저 시도했다.

3레벨 단계에 그 어느 챔피언을 상대로 하더라도 먼저
때리면 필승을 거두는 수도승은 픽 자체로 많은 의미를 지
니는 챔피언이었다.

아진이 수도승을 가져간 이유는 나탈리 정글을 겨냥한
것이었다.

직접 사용해봤을 때 초반 단계에서 체력관리가 쉽지 않
았던 나탈리의 기억을 떠올리며 카운터 정글 플레이로 선
취점을 가져올 요량이었다.

세 개의 캠프, 두 개의 버프를 사냥해 3레벨이 되자마자
수도승은 적 정글로 이동했다.

"나탈리가 성장형 정글러라면 수도승은 초중반 최강의
패왕이라고 할 수 있거든요?"

"마주치면 위험한데요. 일단 수도승이 날카롭게 움직입
니다."

막 수도승이 적 정글에 진입한 순간에 나탈리는 유령 캠
프를 사냥하고 있었다.

그런데 놀랍게도 나탈리의 체력 관리 상황은 매우 양호
했다.

"아니, 잠시만요! 나탈리 체력 상태가 왜 저렇게 양호

하죠?"

"이게 룬 차이는 아닐텐데요. 거의 체력이 가득한 상황입니다. 모든 캠프를 다 돌면서 올라온 거라 저 유령 캠프 사냥이 끝나면 4레벨이 될 텐데요."

"수도승이 접근합니다!"

나탈리는 계속 사냥에 몰두하고 있었고 수도승은 그런 나탈리의 후방을 잡아 접근했다.

순간적으로 1:1 싸움이 벌어지는데 나탈리가 재빠르게 벽을 넘으면서 동시에 유령에게 강타 스펠을 사용했다.

유령이 죽으면서 강타 사용으로 인해 체력이 가득 찼고 4레벨이 되었다.

손이 얼마나 빠른지 벽을 넘어가자마자 인간 폼으로 변신한 나탈리는 수도승이 있던 자리에 투창을 던졌다.

벽 너머로 사라지는 나탈리에게 음파를 날리던 수도승은 투창을 맞고 머리 위에 표식이 남겨졌다.

"아아! 다시 쿠거폼으로 변신합니다!"

"도망치지 않나요? 싸우는데요!"

쿠거폼으로 변신한 나탈리는 곧바로 스킬을 전부 쏟아부으며 수도승을 삭제시켜버렸다.

[선취점!]

압도적인 폭딜로 수도승을 잡아내는 모습을 보며 팀 데몬 팬들이 환호했다.

이번 나탈리 리뉴얼 이전에 저레벨 단계에서 극강의 힘을 발휘하는 비슷한 컨셉의 챔피언이 딱 둘 있었다.

제이크와 거미여왕.

공통점은 6레벨 이전 단계에 스킬이 다른 챔피언의 2배라는 점이다.

한 개의 스킬을 배우면 두 가지 폼에 스킬이 생겨 두 개의 효과를 본다.

가장 막강한 5레벨 단계에 스킬은 6개다.

대신 궁극기가 폼 체인지로 대용되는 느낌이라 뒤로 갈수록 힘이 빠진다는 맹점이 있었다.

어쨌거나 이번 리뉴얼 이후 1레벨부터 폼 전환이 가능해진 나탈리 역시 3레벨만 찍어도 스킬이 6개가 된다. 그 중 무려 다섯 개의 스킬이 공격용 스킬이었다.

심지어 스킬 하나는 체력을 회복시킬 수 있는 힐 스킬.

체력관리가 잘 되어 있는 상태라면 같은 3레벨에 수도승을 만나 싸워도 전혀 꿀릴 것이 없었다.

더구나 4레벨이라면 그 강력함은 설명해봐야 입만 아픈 수준인 것이다.

"어디 수도승 들고 함부로 덤벼?"

"좋았어. 바로 적 정글 한 캠프 먹고 정비해."

"오케이."

상규가 말은 저렇게 했지만 어느 정도 예상하고 있었던 플레이였다.

"근데 진짜로 수도승 픽해서 카정을 들어가네? 어떻게 예상한 그대로 움직이는 거야?"

"진욱느님 말은 언제나 옳습니다."

"쟤들도 나탈리 정글 연구는 해봤겠지. 최적화 루트나 콤보를 모르니까 체력관리가 안 됐을 거고…. 당연히 우리 나탈리도 빈사 상태로 정글을 누빌 거라고 생각했겠지."

미리 대비를 했으니 카정 들어온 수도승을 보고 당황하지 않을 수 있었고 선취점을 가져올 수 있었다.

여기에서 확실하게 얻은 정보도 하나 있었다.

"쟤네 아직 리뉴얼 된 나탈리가 표식 남기고 폭딜 넣었을 때 얼마나 센지 아직 감을 못 잡은 것 같아. 갱킹루트 완만하게 잡아도 되겠어."

"창은 일부러 안 맞혀도 될 수준인데?"

"데미지 갱킹 위주로 많이 돌아."

"라져댓!"

수도승이라면 나탈리도 손쉽게 이길 수 있을거라 생각한 그 발상부터 진짜 실행에 옮긴 다음 죽기 직전까지 싸운 플레이를 보면 확실하게 알 수 있었다.

바로 이 시즌이 나탈리 정글로 꿀을 잔뜩 빨아재낄 수 있는 타이밍이었다.

우리 팀의 마법 데미지 비중이 높다는 점을 노려 닥터문도를 가져간 아진이지만 나탈리에게 정면으로 달려들었다가는 순식간에 녹아버릴 터였다.

나는 그저 라인 운영 주도권을 위해 궁극기를 아끼고 한타 페이즈에서는 노란 카드를 잘 뽑아 CC기 연계 역할만 해주면 손 쉽게 이길 수 있을 것 같았다.

◆

마치 혼자 다른 게임을 하고 있는 것 같은 착각을 불러일으키는 나탈리의 맹활약이 이어졌다.

"닥터문도 궁극기 썼죠!"

"아니, 그런데! 체력이 차는 속도보다 닳는 속도가 훨씬 빨라요! 못 버티겠는데요! 나탈리 무슨 딜이 저렇게 셉니까! 그냥 체력이 뭉텅뭉텅 없어져요!"

"이대로 밀리면 포탑도 그냥 내어 줘야 합니다!"

"뒤쪽으로 카드술사의 궁극기가! 아아아!"

거의 라이너에 육박하는 CS 개수를 기록하며 코어 아이템을 완성시킨 나탈리는 인간 폼과 쿠거 폼을 넘나들며 엄청난 데미지를 뽑아냈다.

지금까지 알던 정글러의 이미지와 전혀 달랐다.

이건 랜턴 정글러 이상의 충격이었다.

탑 라인을 한 번의 데미지 갱킹과 글로벌 궁극기 커버 플레이로 밀어내는가 싶더니 곧장 적 정글을 초토화시키며 아래로 내려간 나탈리는 미드라인 적 포탑 후방에서 지속적으로 투창을 던져댔다.

"아이템이 어느 정도 나오고 난 후에 블루 버프만 손에 쥐고 있으면 저렇게 본진을 가지 않아도 유지력이 엄청나게 좋아지는 강점이 있네요."

"힐 스킬이 있으니 유지력이 준수한 편이죠."

"이거 보이지 않는 곳에서 날아오는 창이 무서워서 미드라인 지킬 수도 없겠는데요?"

"정글 몬스터가 생성되면 순식간에 잡아내고 어느새 뒤로 와서는 또 견제합니다. 무서워요!"

"그런데 아예 일정 타이밍이 지나니까 체력관리에 대한 걱정 자체가 사라지는데요? 어떻게 보십니까?"

"초반 수 싸움으로 게임의 성패가 갈리는 프로 레벨에서 사용하기에는 초반이 약하다는 단점이 가장 크거든요? 그런데 막상 수도승을 잡아내면서 게임 풀리는 모습을 보니 함부로 평가하기가 애매합니다."

"맞습니다. 이건 나탈리 정글 픽이 좋았던 건지 미스터 큐 선수의 피지컬이 좋았던 건지 잘 모르겠어요."

이미 게임은 확실하게 기운 상태였기 때문일까?

해설진도 주로 나탈리 픽의 의미와 장단점을 파악하기 위한 멘트들을 주로 내뱉었다.

온라인에서는 게임 결과에 대한 것은 안중에도 없고 놀라우리만치 대단했던 초반 나탈리 정글링 플레이에 모든 관심사가 쏠려 있었다.

몇몇 유저들은 직접 사용자 설정 게임을 만들어 똑같은 방식으로 정글링을 하며 체력 관리가 되는지 실험영상까지 찍어 올리고 있었다.

[첫 캠프에서 리시 받으면서 강타 썼잖아?]

[ㅇㅇ강타 첫 캠프에서 쓰고 시작함 내가 확실히 봤음]

[속도도 저만큼 안 나오고 체력은 완전히 빈사상태로 겨우 돌아지는데?]

[나도 전혀 이해할 수가 없음]

[저렇게 돌고 카정 들어온 3레벨 수도승을 솔로킬 땄으면 뭔가 있는 거 아님?]

[분명 뭔가 있는 것 같은데 그게 뭔지 잘 모르겠음]

[일단 캠프 아래꺼 빼고 다 돌면서 4레벨 타이밍까지 나왔음. 속도 개빠른 건 인정.]

[지금 다섯 번 째 해보고 있는데 절대 저 속도 안 나옴.]

[비슷한 것 같기는 한데 수도승한테 선빵 맞으면 그냥 죽겠는데?]

[이거 게임 끝나고 다시보기 빨리 떠야 좀 알겠는데ㅋㅋ]

급기야 사람들은 나탈리 정글 플레이에 숨겨진 비밀이 뭔가 밝혀낼 요량으로 다시보기 서비스를 기다리기까지 했다.

여전히 게임은 진행 중이었으나 나탈리 정글 플레이 연구가 한창 진행되는 사이 아예 경기종료 직전이라고 해도 이상하지 않을 만큼 경기는 기울어 있었다.

"아아! 아이템이 저 만큼 나오니까 예전의 그 무섭던 핵창 나탈리 모습이 그대로 나옵니다."

"그렇죠? 이제 저 창만 맞아도 매우 위협적인 데미지가 들어옵니다. 딜러는 두 방이면 죽을 수도 있어요. 대치하면 나탈리, 코그마에게 일방적으로 두드려 맞기만 해요."

"그렇다고 안 지킬 수는 없죠…. 이번 억제기 내어주면 억제기가 전부 사라지고 공성 전투병이 쏟아져 나옵니다!"

안타까움이 그대로 묻어나는 중계진의 목소리.

하지만 기울어버린 상황을 뒤집기에는 아진 아머의 상황이 매우 힘들어 보였다.

"밀립니다! 힘 없이 밀려요! 아아! GG!"

결국에는 3억제기까지 내어주고 자연스럽게 넥서스까지 밀리면서 1세트 경기를 팀 데몬이 가져갔다.

2세트가 준비되는 동안 방송 팀에서는 서둘러 몇 개의 하이라이트 영상을 편집해 포털 사이트 E-스포츠 페이지에 업로드 했다.

당연히 그 안에는 선취점을 뽑아낸 나탈리의 플레이 영상이 포함되어 있었고 순식간에 엄청난 조회수를 찍어내기 시작했다.

◆

우리는 2세트를 준비하며 대기실에서 여러 피드백을 주고받았다.

사실상 큰 실수가 나오지 않았던 1세트 게임 덕분에 팀 분위기는 최고조에 달한 상태였다.

그런 상황 덕분에 자연스럽게 이야기 주제는 2세트 밴픽 전략으로 흘러갔다.

"나탈리 자를 것 같지 않아?"

"내 생각에는 안 자를 것 같은데? 쟤들도 나름 준비해온 밴픽 틀이 있을 텐데 불확실한 나탈리 때문에 밴 카드를 수정할까?"

"왜 불확실해?"

"처음 수도승 솔로 킬 때문에 말렸다고 생각할 수도 있잖아. 수도승이 아닌 거미여왕이나 이블리 같은 픽이었다면 이길 수 있었다고 생각할 것 같은데?"

팀원들의 의견은 분분했다.

사실상 상대 팀 전략가의 속마음을 읽어야 하는 일이니 분분한 의견이 나올 수밖에 없었다.

이럴 경우를 대비해 나 같은 전략가도 존재하는 법이다.

"이렇게 하자."

내 목소리에 팀원들의 귀를 쫑긋 세우고 이목을 집중했다.

"카샤딘이나 환술사 중 하나 살리는 뉘앙스를 줘. 나탈리냐 OP 암살자냐 양자택일 하라고 해."

나의 해결책을 듣고 팀원들의 표정이 밝아졌다.

어차피 후픽 차례이다 보니 밴픽의 압박감은 조금 덜한 편이었다.

우리는 두 개의 미드라인 챔피언을 다 열어도 나탈리만 가져오면 그만이라는 마인드가 있기에 조금 수월했다.

미드라인 챔피언도 다 열리면 덩달아 가져오면 그만.

우리는 그런 작전을 세운 다음 정해진 프레임 안에서 맞춰볼 조합을 정한 뒤 다음 경기를 위해 다시 부스로 자리를 옮겼다.

두 번째 세트 밴픽이 시작되기 전 해설진은 커뮤니티 사이트 반응을 살피다가 방금 올라온 따끈따끈한 인기 게시물 하나를 발견했다.

나탈리 정글 초반 체력관리와 콤보에 관한 실험 영상이 었는데 하이라이트 영상을 보며 미스터 큐의 동선을 그대로 따라하는 모습이었다.

제법 비슷한 상황이 연출되어 있었는데 역시나 연습량과 게임 내적인 선수와 일반인의 피지컬 차이 때문인지 체력 부분에서는 다소 차이가 있었다.

그러나 지금까지 공개된 다른 유저들보다는 확실히 빠르고 나은 모습이었다.

공략 글의 핵심은 기본 공격 캔슬 움직임에 있었다.

김동진 해설은 재빨리 내용을 숙지하고 정리했다.

이윽고 광고 타임이 끝나 두 번째 세트가 시작되었다.

역시나 1세트 MVP 선수는 나탈리 정글을 선보인 미스터 큐에게 돌아갔다.

이어 2세트 밴픽이 시작되며 김동진 해설이 준비한 멘트를 읊었다.

"2세트에서 아진이 나탈리를 살려갈지가 관건이 되겠죠?"

"그렇습니다. 이게 나탈리를 자르면 그 만큼 한 자리는 준비해온 밴 카드 중 하나가 풀린다는 소리거든요."

"방금 전, 커뮤니티 사이트에 아주 중요한 정보가 하나 올라왔는데 미스터 큐 선수의 나탈리 정글링 비법에 관한 정보가 있었거든요?"

"오, 어떤 정보인가요?"

같은 해설진은 물론이고 관중석에 앉은 팬들도 궁금하다는 듯 김동진 해설에게 집중했다.

김동진 해설은 차분하게 설명했다.

"인간 폼에서 기본 공격을 하고 쿠거 폼으로 전환하거나 반대로 쿠거 폼에서 기본 공격이나 Q스킬을 사용하며 폼을 전환시키면 데미지는 들어가는데 모션이 잘리는 캔슬 효과가 생긴다고 하더라고요."

"이븐의 평캔과 같은 이치인 건가요?"

"비슷한 맥락이라고 보면 될 것 같습니다."

로크 팬들은 이븐의 평캔이라는 이형우 해설의 비유에 어떤 현상이 벌어지는 건지 단번에 이해했다.

이븐을 잘 쓰는 사람은 평캔 속도가 빠르다는 말이 있을 만큼 캔슬 모션 효과를 적극적으로 사용해야 하는 챔피언 중 하나였다.

스킬 3연타 사이에 빠르게 기본 공격을 섞어 순식간에 폭발적인 데미지를 뿜어내는 스킬이었다.

나탈리 역시 이런 것이 가능하다면 정글링 속도가 빨라지고 빠르기에 한 대라도 덜 맞으니 체력 관리가 수월해지는 것이다.

나탈리 캔슬 모션에 대한 정보를 들은 아진 팬들은 제발 아진이 나탈리를 잘라내기를 원했다.

그러나 설명이 이어지는 동안 아진이 잘라낸 세 개의 챔피언에 나탈리는 없었다.

◆

팀 데몬의 밴 카드 사용 순서는 다분히 전략적이었다.

일단 아진에서 첫 번째 카드로 환술사를 자르니 팀 데몬은 히바나를 자르며 노골적으로 아진의 탑 라이너를 견제했다.

이렇게 되면 아진 입장에서는 굳이 남은 카샤딘을 자를 필요가 없었다.

어차피 선픽 순서가 자신들의 것인데 밴 카드 하나를 날려줄 필요가 없는 것이다.

그래서 원래 준비해왔던 카드 중 트레쉬 카드를 잘라냈다.

자연스럽게 브라운도 팀 데몬에서 잘라야만 하는 상황을 만들기 위한 것이었다.

일단 선픽 순서에서는 여러 개를 열고 나눠 가져가는 선택지도 얼마든지 만들 수 있었으니 합리적인 듯 보였다.

남은 두 개의 밴 카드를 팀 데몬 입장에서는 카샤딘과 브라운으로 강제당하는 느낌인 것이다.

팀 데몬의 밴 순서.

아진의 예상과 다르게 팀 데몬은 전혀 이해할 수 없는 카드를 잘랐다.

원딜러 이즈를 잘라내며 밴 카드를 소모하는 팀 데몬을 보면서 아진 아머의 밴 차례로 넘어왔는데 코치진의 눈동자가 흔들리는 모습이 적잖이 당황한 기색이었다.

이즈 밴의 의미는 무엇일까?

사실상 아진 아머 원딜러가 주력으로 사용하는 픽도 아니었고 현 시점에 위협적일 만큼 뛰어난 챔피언도 아니었다.

무엇보다 이렇게 되면 카샤딘과 브라운이 살아남는 현상이 벌어졌다.

나탈리 밴도 전략적으로 염두에 두고 있었는데 중요 픽이라고 생각한다면 세 개가 남는 것이다.

어떻게 해야 하나?

여기에서 세 개 중 하나를 자르면 남은 두 개의 픽을 나눠 가져야만 했다.

카샤딘을 자르고 브라운을 가져온다?

자연스럽게 나탈리가 팀 데몬에게 넘어가는 코스였다.

그렇다고 나탈리를 빼앗아 오자니 아진의 정글러는 아직 숙련도가 매우 부족했다.

아무것도 안 자르자니 챔피언 하나를 선택하면 나탈리를 포함해 살아남은 OP 챔피언을 원플러스원으로 넘겨주는 꼴이 되어버린다.

이즈 밴 한 번으로 이제 아진 아머가 울며 겨자 먹기의 심정이 되어 카샤딘과 브라운 중 하나를 잘라야만 하는 상황으로 반전되었다.

그래서 선택한 것이 카샤딘 밴이었다.

베놈 권진욱이 워낙 위협적인 선수인 데다가 나탈리를 가져가는 것이 확정적이라면 어쨌든 포킹 스킬을 브라운의 방벽으로 막아보자는 전략이었다.

마지막 밴 차례.

팀 데몬은 브라운을 잘라버리며 완벽한 압승을 거두었다.

♦

귀신같은 노림수로 나탈리 픽을 살리는 데 성공했다.

상규는 여태 리그가 진행 되는 동안 그 어느 때보다 기분 좋아 보였다.

"나 오늘 단독 MVP 인터뷰해도 되는 각인가!"

"그래라, 그래. 크크."

"하드캐리머신 더 킹 갓 제네럴 엠퍼러 슈퍼스타 그레이티스트 정글러 미스터 큐 출격 준비 완료!"

언제나 팀의 분위기를 담당해주는 상규는 빠른 메타 변화 가운데에서도 아주 조금의 코칭 만으로도 언제나 빠른 적응 능력을 보여주며 하루가 다르게 급성장하는 중이었다.

원래 포텐셜이 어마어마했던 친구라 요즘 캐리력에 물이 오른 모습을 보고 있노라면 뿌듯하기도 했다.

최근에는 나보다 더 많은 MVP 포인트를 쌓기도 하면서 리그 최고의 정글러라는 별명을 몸소 증명하고 있었다.

유능한 정글러는 언제나 팀에 큰 도움이 되는 법이다.

경기가 시작되고 이번에는 1경기와 다른 움직임을 지시했다.

"덫 작업 적 정글에서 하고 탑 리쉬 받고 올라가."

"갑니다. 가요."

초반 전략을 건 이유는 아주 간단했다.

아진 아머에서 가져간 정글러 픽.

카젝스가 나왔기 때문이다.

기본적으로 정글 싸움에 막강한 위력을 보이지만 초반 단계 정글링에 속도가 붙는 타입은 아니라서 버프 몬스터 하나를 빼앗기는 것이 생각보다 크게 작용하는 정글러였다.

거기에 더해 여전히 탑과 미드라인 챔피언이 수동적인 픽이었기에 소규모 교전이 일어나도 이길 수 있다는 판단 아래 결정한 일이었다.

우리 조합은 1세트와 크게 다른 틀에 있지 않았다.

제넨, 나탈리, 제이크, 케이틀리나, 카우스타.

1세트보다 조금 더 물리 데미지를 갖췄고 제이크 픽으로 나탈리와 함께할 포킹 라인을 형성했다.

아진 아머의 조합은 역시 밴픽 페이즈 전략에 말려들면서 어정쩡한 느낌이 있었다.

아진 아머

탑 - 파이어럼블

정글 - 카젝스

미드 - 오리안나

원딜 - 코그마

서포터 - 리오나

균형 잡힌 듯 보이지만 확실한 탱커가 없어 스타일리쉬한 운영을 보여줘야 하는 데미지와 한타 기반의 조합이었다.

어느덧 게임 시간이 흘러 버프 몬스터가 생성되며 우리의 첫 번째 전략은 기가 막히게 먹혀 들어갔다.

덫을 여러 개 깔아두고 버프 몬스터를 유인하며 표식이 끊이지 않게 사냥하는 방법 역시 많은 연습이 필요한 일이었는데 상규는 복잡한 매커니즘의 플레이도 능숙하게 해냈다.

적 버프 몬스터를 뺏은 상규는 자연스럽게 3버프 컨트롤을 하며 바텀으로 향했다.

서포터 카우스타와 리오나 사이의 대결은 누가 먼저 원거리 딜러를 물어 CC기를 연계할 수 있느냐의 싸움이었다.

그러나 갱킹이 가미가 되면 달라진다.

원딜이건 서포터이건 먼저 물어서 각만 만들어주면 반드시 킬 포인트가 나온다.

"바텀 갱 호응 오지게 부탁합니다!"

"막내 라인 크로스!"

정글러 안상규와 서포터 정남규.

이른바 규 브라더스로 최근 팬들의 사랑을 받고 있는 두 녀석의 케미가 폭발하는 명장면이 터져 나왔다.

팟!

카우스타의 갑작스러운 앞 점멸과 분쇄 스킬 연계로 무방비 상태였던 아진 아머의 원딜러와 서포터가 동시에 공중으로 떠올랐다.

그와 동시에 준비 하고 있던 아군의 케이틀리나가 적의

코그마 발밑에 덫을 깔았다.

동시에 카우스타는 리오나를 아군 포탑 방향으로 밀쳐냈고 협곡 부쉬에서부터 발이 묶인 코그마를 향해 나탈리의 투창이 날아와 작렬했다.

우와아아아아아아아!

얼마나 짜 맞춘 것처럼 자연스럽게 이어진 슈퍼 플레이였는지 바깥에서부터 팬들의 환호성이 쩌렁쩌렁 울리는 게 온몸으로 느껴질 정도였다.

발이 묶인 채 머리 위에 나탈리의 표식을 띄운 코그마가 살아날 방법은 없었다.

[적을 처치했습니다!]
[선취점!]

점멸 반응도 못하고 그대로 삭제된 코그마를 뒤로 한 채 다음 타겟인 리오나에게 모든 포커스가 쏠렸다.

[더블 킬!]

여전한 폭딜로 리오나까지 녹여버리며 나탈리가 순식간에 두 개의 킬 포인트를 가져갔다.

가장 비싼 정글 몬스터인 버프 몬스터를 하나 더 먹고

바텀에서 더블 킬까지 기록한 나탈리는 1세트와 다르게 라이너보다도 빠른 성장을 거두며 맵을 휘저었다.

♦

관중석에서는 연신 환호성이 터져 나왔다.

나탈리의 창이 적중할 때, 제이크의 포킹 스킬이 적중할 때마다 아진 선수들의 체력은 공중분해 되었고 아진 팬들의 멘탈도 함께 분해되었다.

와아아아아아아!

용 서식지를 중심으로 대치전을 벌이던 도중 기적적으로 제이크의 스킬과 나탈리의 투창이 미드라이너 오리안나에게 적중하며 킬 포인트를 만들어내자 경기장이 떠나가라 팬들의 함성이 쏟아졌다.

한타의 성패를 좌우할 충격과 스킬을 써보지도 못한 채 죽어버린 오리안나의 존재는 아진 아머에게 거의 모든 것이나 다름없었다.

견적이 나오자마자 팀 데몬 선수들은 용도 포기하고 곧장 아진 아머 선수들을 추격했다.

사정거리 분야에서 뒤로 가라면 서러울 만큼 대표적인 케이틀리나의 존재는 추격하는 입장에서 매우 편리한 픽이었다.

제넨이 번개 같은 속도로 적진을 파고들어 스턴을 걸어두면 그 위를 카우스타가 덮쳤고 나탈리, 제이크, 케이틀리나가 깔끔하게 정리하는 압도적인 장면이 연출되었다.

"아아아! 손도 써보지 못하고 당합니다!"

"기본적으로 성장이 따라줘야 하는데요. 요즘 보면 팀 데몬이 가져오는 전략에 말리는 순간 성장격차가 순식간에 벌어진다는 말이죠? 도대체 저 팀을 이제 누가 막을 수 있을까요! 아니, 막을 수는 있겠습니까?"

"파이어럼블까지 잡혀버렸어요! 이거 위험한데요?"

"딜러가 없습니다? 이대로 게임 끝나나요?"

"끝나는 건가요!"

팀 데몬은 거칠 것 없다는 듯 마침 바텀으로 추격하며 적을 잡아내던 코스를 그대로 밟아 진격했다.

그 와중에 제넨은 본진으로 돌아가 체력 상태를 재정비하고 아이템을 구비한 다음 적의 포탑이 아군 전투병을 때리는 타이밍에 맞춰 순간이동 스펠을 사용했다.

순간이동이 진행되는 동안 포탑의 어그로를 받은 전투병은 무적 상태가 되며 포탑을 부수는데 충분한 시간을 벌어주었다.

아슬아슬하게 죽었던 아진 선수들의 부활 타이밍에 맞춰 넥서스까지 치고 들어간 팀 데몬은 모든 것을 무시한 채 넥서스를 일점사했다.

"깨지나요! 막나요! 깨지나요? 막아 내나요?"

"깨질 것 같은데요! 아슬아슬합니다!"

"깨집니다! 깨집니다!"

결국에는 아슬아슬하게 넥서스가 파괴되며 팀 데몬의 승리로 게임이 끝나면서 해설진의 우렁찬 GG 소리가 경기장을 가득 채웠다.

아진 팬들은 좌절했고 팀 데몬 팬들은 환호했다.

팬들의 반응이 이렇게 극명하게 갈리는 이유는 시즌이 막바지를 향해 달리는 중이라 1승과 1패의 의미가 순위와 직결되기 때문이었다.

아진 아모도 이번에 승리를 거뒀다면 바짝 추격하는 STS를 상대로 조금 더 여유로운 상황을 맞이할 수 있었다.

하지만 안타깝게 1패를 더 기록했고 승자를 축하해줄 수밖에 없었다.

2세트 경기에 대한 주요 장면이 하이라이트로 지나가고 MVP가 발표되었다.

"2세트 MVP는 누구인가요? 보시죠!"

"아아, 역시 나탈리 정글이란 이런 것이다 제대로 보여준 미스터 큐 안상규 선수입니다!"

최근 단독 인터뷰를 하는 경우가 없던 상규는 흐름을 깨는 퍼펙트 플레이를 선보이며 모든 세트 MVP를 차지했다.

물 흐르는 듯한 진행과 함께 MVP 인터뷰가 준비되고 인터뷰 석에 자리한 안상규는 밝은 얼굴로 앉아 기쁨을 만끽했다.

"미스터 큐, 안상규 선수 오늘 단독 MVP가 되신 걸 진심으로 축하드립니다."

"네, 감사합니다."

"최근 기세가 정말 무섭습니다. 차곡차곡 MVP 포인트를 쌓아서 이제 순위권에 이름을 올리기 시작했는데 이 기세라면 마지막 경기가 끝날 때 1위를 노려보는 것도 가능하죠?"

"그렇게 됐으면 좋겠네요. 저희 팀 코치님이 제게 캐리롤을 계속 맡겨주시면 가능할 것도 같습니다."

코치 얘기가 나오자 팬들이 갑자기 환호성을 내질렀다.

베놈 권진욱의 네임밸류와 그 반향이 얼마나 크게 성장했는지 여실히 보여주는 장면이었다.

김동진 해설이 분위기를 몰아 질문을 던졌다.

"아마도 권진욱 코치의 존재로 빠른 메타 변화 안에서도 팀 데몬은 안정적인 고공행진을 이어나가는 것 같은데 제 생각이 맞나요?"

"네, 선수들도 열심히 해주고 있고 코치님의 천재적인 감각이 잘 이끌고 있는 덕분이죠."

"결승 직행은 이제 4승만 더 거두면 되는 상황입니다. 자신 있으십니까?"

"확신합니다. 권진욱 코치님이 저희 팀에 있는 한 저희는 계속 우승합니다."

단독 MVP 인터뷰임에도 권진욱의 뛰어남을 먼저 말하는 안상규의 인터뷰 내용은 적지 않은 파급력이 있었다.

결승 직행까지 확신하는 자신감도 전혀 거짓이 없었기에 멋있게 드러났다.

이 단독 인터뷰 한 번으로 대기업 스폰서를 둔 명문 구단 사무국에 한 차례 작은 바람이 불었다.

〈4권에 계속〉

톱스타의 킬링필드

의 킬링 필드

Hell is coming

권하율 퓨전판타지 장편소설

NEO FUSION FANTASY STORY

그것이 모든 일의 시작이었다.

죽은 줄만 알았던 나는 지옥에서 눈을 떴다.
전직 킬러에게 있어서도 생존하기
힘든 지옥으로부터 생존의 시험을 통과한 사혁!
그 대가로 새로운 삶을 부여받았다!

자살을 결심한 무명배우 강혁의 몸에 들어오게 된 사혁!
하지만 깨어난 그는 강혁의 기억을 고스란히 가지고 있었으며
강혁으로써 사혁의 기억을 받아들이고 존재 자체를 인정하고
강혁의 일부가 되어 버린 사혁!

그리고 발현되는 새로운 능력들!

하지만 지옥에서의 부름은 아직 끝나지 않았으니!

헐리우드 무명배우에서 톱스타가 되기까지
지옥을 계속 이겨내야 할 강혁의 생존 성공기!

❋ 출판 일정에 따라 출간일은 변경될 수 있습니다.

풍류랑 현대판타지 장편소설

NEO MODERN FANTASY STORY

포식의 군주

집필하던 글의 주인공인 된 태랑!
포식의 군주로서 인류를 구원하라!

3류 소설가 김태랑은 어느 날 기이한 꿈을 꾼다.
소재 고갈에 목말라 하던 그는,
꿈속의 이야기에 영감을 얻어 차기작을 집필한다.

하지만 꿈속의 내용이 현실로 펼쳐지면서
인류는 멸망의 위기에 처하고 만다.

스스로 예지몽의 주인공임을 인식한 태랑은,
미리 알게 된 지식을 바탕으로 인류 해방을 위한
구도의 길에 나서게 되는데….

인류를 구원할 태랑과 동료들의
다이나믹한 모험이 시작된다!

출판 일정에 따라 출간일은 변경될 수 있습니다.